Tucholsky Wagner Zola Scott Sydow Freud Schlegel
Turgenev Wallace Fonatne

Twain Walther von der Vogelweide Fouqué Friedrich II. von Preußen
Weber Freiligrath Frey

Fechner Fichte Weiße Rose von Fallersleben Kant Ernst Richthofen Frommel

Fehrs Engels Fielding Hölderlin Tacitus Dumas
Faber Flaubert Eichendorff

Feuerbach Maximilian I. von Habsburg Fock Eliasberg Zweig Ebner Eschenbach
Ewald Eliot Vergil

Goethe Elisabeth von Österreich London

Mendelssohn Balzac Shakespeare Dostojewski Ganghofer
Lichtenberg Rathenau Doyle Gjellerup
Trackl Stevenson Hambruch
Mommsen Thoma Tolstoi Lenz Hanrieder Droste-Hülshoff

Dach Verne von Arnim Hägele Hauff Humboldt
Reuter Rousseau Hagen Hauptmann Gautier
Karrillon Garschin Defoe Baudelaire
Damaschke Descartes Hebbel Hegel Kussmaul Herder

Wolfram von Eschenbach Dickens Schopenhauer Rilke George
Bronner Darwin Melville Grimm Jerome Bebel Proust
Campe Horváth Aristoteles

Bismarck Vigny Barlach Voltaire Federer Herodot
Gengenbach Heine

Storm Casanova Tersteegen Gilm Grillparzer Georgy
Chamberlain Lessing Langbein Gryphius
Brentano Lafontaine
Strachwitz Claudius Schiller Kralik Iffland Sokrates
Katharina II. von Rußland Bellamy Schilling
Gerstäcker Raabe Gibbon Tschechow

Löns Hesse Hoffmann Gogol Wilde Gleim Vulpius
Luther Heym Hofmannsthal Klee Hölty Morgenstern
Roth Heyse Klopstock Goedicke
Luxemburg La Roche Puschkin Homer Kleist
Machiavelli Horaz Mörike Musil
Navarra Aurel Musset Kierkegaard Kraft Kraus
Nestroy Marie de France Lamprecht Kind Kirchhoff Hugo Moltke

Nietzsche Nansen Laotse Ipsen Liebknecht
Marx Lassalle Gorki Klett Leibniz Ringelnatz
von Ossietzky May vom Stein Lawrence Irving
Petalozzi Platon Knigge
Sachs Pückler Michelangelo Kock Kafka
Poe Liebermann Korolenko
de Sade Praetorius Mistral Zetkin

Der Verlag tredition aus Hamburg veröffentlicht in der Reihe **TREDITION CLASSICS** Werke aus mehr als zwei Jahrtausenden. Diese waren zu einem Großteil vergriffen oder nur noch antiquarisch erhältlich.

Symbolfigur für **TREDITION CLASSICS** ist Johannes Gutenberg (1400 — 1468), der Erfinder des Buchdrucks mit Metalllettern und der Druckerpresse.

Mit der Buchreihe **TREDITION CLASSICS** verfolgt tredition das Ziel, tausende Klassiker der Weltliteratur verschiedener Sprachen wieder als gedruckte Bücher aufzulegen – und das weltweit!

Die Buchreihe dient zur Bewahrung der Literatur und Förderung der Kultur. Sie trägt so dazu bei, dass viele tausend Werke nicht in Vergessenheit geraten.

Gräfin Helene

Friedrich von Bodenstedt

Impressum

Autor: Friedrich von Bodenstedt
Umschlagkonzept: toepferschumann, Berlin

Verlag: tredition GmbH, Hamburg
ISBN: 978-3-8424-0370-3
Printed in Germany

Text der Originalausgabe

Gräfin Helene.

Novelle

von

Friedrich Bodenstedt.

Stuttgart,
Verlag von Richter & Kappler.
1880.

Friedrich Bodenstedt

Gräfin Helene

Erstes Kapitel.

Der Amtmann Leonhardt erfreute sich eines weit über seine Stellung hinausragenden Ansehns, obgleich dieselbe zu der Zeit, in welcher unsre Geschichte spielt, noch zu den bevorzugtesten des Landes gehörte. Justiz und Verwaltung lagen nämlich damals noch in Einer Hand und sicherten ihrem Träger, wenn er seiner Aufgabe gewachsen war, zugleich Würde und Wohlstand. Der Amtmann Leonhardt waltete seines Amtes in einer Weise, die Achtung gebot und ihn zu einer allgemein beliebten Persönlichkeit machte. Obgleich er alle Pflichten seines Berufs gewissenhaft erfüllte, ging er doch nicht darin unter, sondern fand immer noch Zeit zu Nebenbeschäftigungen und Zerstreuungen, die allein genügt hätten, das Leben eines gewöhnlichen Menschen auszufüllen. Aber Leonhardt war eben kein gewöhnlicher Mensch; die Natur hatte ihn ausgestattet mit Gaben, welche ihn, bei seiner unverwüstlichen Arbeitskraft, in jedem Wirkungskreise zu einer hervorragenden Erscheinung gemacht haben würden. Arbeit war ihm Bedürfniß, allein er that nicht gern etwas Unnützes und hatte besonders einen Abscheu gegen alle überflüssigen Schreibereien, das Steckenpferd untergeordneter Geister. Seine freien Stunden brachte er am liebsten auf der Jagd zu, war ein rüstiger Fußgänger und Reiter, und suchte so viel wie möglich durch Bewegung in frischer Luft der sitzenden Lebensweise zu Hause ein heilsames Gegengewicht zu geben. So geschah es, daß er sich noch im Greisenalter einer blühenden Gesundheit erfreute und jeder körperlichen und geistigen Anstrengung gewachsen war. Nach der Maxime: daß der Schlaf vor Mitternacht der erquicklichste sei, ging er früh zu Bett und war früh auf den Beinen, so daß er gewöhnlich schon vier Stunden gearbeitet hatte, wenn die übrigen Honoratioren der Stadt ihr Lager verließen. Wer seine Tageseintheilung kannte, begriff leicht wie sie ihm ermöglichte, neben seinen Berufsgeschäften noch so viel Zeit zu literarischen und künstlerischen Liebhabereien, Jagdausflügen und geselligen Zerstreuungen zu finden; aber er hatte auch, wie jeder über das gewöhnliche Maß hervorragende Mann, seine Feinde und Neider, die ihm gern nachsagten, daß er seine Amtspflichten zu sehr auf die leichte Schulter nehme, dabei kein guter Haushalter sei und ein zu glänzendes, über seinen Stand und seine Mittel hinausgehendes Leben führe.

In diesem Punkte stimmten sogar manche seiner Freunde, und zumeist solche, die von seiner Gastfreundschaft am fleißigsten Gebrauch machten, mit seinen Feinden überein, und es fehlte nicht an Prophezeiungen, daß die Herrlichkeit einmal ein trauriges Ende nehmen werde.

Soviel war richtig, daß Sparsamkeit nicht zu den Tugenden des lebensfrohen Amtmannes gehörte. Seine Einnahmen flossen reichlich, aber seine Ausgaben nicht minder, denn ängstliches Rechnen war nicht seine Sache. Die Verhältnisse in welchen er lebte, zwangen ihn zu einem Aufwande, den er sonst vielleicht vermieden haben würde. Er hatte seine Amtswohnung in einem landesherrlichen Schlosse, zu welchem ein kleinlicher Haushalt umsoweniger paßte, als ein lebhafter Verkehr mit den benachbarten Gutsherrschaften nicht zu umgehen war. Sogar der Landesherr selbst fand sich alljährlich ein paar Mal ein und nahm im Schlosse Quartier, um in den umliegenden wildreichen Forsten mit seinem Gefolge des Waidwerks zu pflegen. So mußte denn immer eine Anzahl der besten Zimmer wohleingerichtet bereit stehen und für Küche und Keller entsprechend gesorgt werden.

Dazu kam, daß die Gemahlin des Amtmanns, eine Dame aus altadeliger Familie und von vornehmen Gewohnheiten, eine kleine Mitgift, aber große Ansprüche in's Haus gebracht hatte, die häufig schwer zu befriedigen waren. Ihre Lebensweise war eine der ihres Gemahls völlig entgegengesetzte. Sie wachte, wenn er schlief, und schlief, wenn er wachte, weil es ihr vornehm schien, die Nacht zum Tage und den Tag zur Nacht zu machen. Sie haßte die frische Luft in demselben Grade wie er sie liebte, und kam selten aus dem Schlosse heraus, dabei kränkelte sie fortwährend und wollte immer bedauert sein als eine vom Schicksale schwer heimgesuchte Frau, obwohl ihr im Grunde gar nichts fehlte als frische Luft, Arbeit und Bewegung. Sie glaubte bei ihrem eingebildeten Leiden ihres Lebens nicht sicher zu sein, wenn sie nicht wenigstens einmal wöchentlich einen Arzt bei sich sah; da ihr aber die Aerzte der kleinen Stadt, in deren Nähe das Schloß lag, nichts Besseres zu rathen wußten als frische Luft und Bewegung, so ließ sie sich von Zeit zu Zeit einen berühmten Arzt aus der Hauptstadt kommen, der ihr, um sie zu beruhigen, irgend eine unschädliche Mixtur verschrieb, mit dem Versprechen, sich nächstens nach dem Erfolg zu erkundigen.

Allein diese Beruhigungsmittel waren sehr kostspielig, wie der Amtmann jedesmal fand, wenn die Neujahrsrechnungen in's Haus schneiten. Er wagte indeß nicht, Klagen darüber laut werden zu lassen, und war froh, wenn seine Frau sich nur wirklich beruhigt fühlte, was jedesmal nach dem Besuche des berühmten Arztes, wenigstens für einige Zeit, der Fall war. Sie machte dann sogar Besuche in der Umgegend – in der Stadt wurden nur wenige Häuser solcher Ehre theilhaftig – und eine besondere Equipage mußte immer zu ihrer Verfügung stehen, da der Jagdwagen ihres Gemahls ihr nicht vornehm genug dünkte. Wenn ihr Bruder, der als Rittmeister bei den Gardehusaren stand, auf Urlaub aus der Hauptstadt herüberkam, so fühlte sie sich auch wohl kräftig genug, mit ihm längere Ausflüge zu Pferde zu machen. Desgleichen nahm bei besonders vornehmen Besuchen ihr Befinden immer schnell einen erfreulichen Aufschwung, und wenn gar der erhabene Landesherr zu den Jagden kam, so ließ es gar nichts zu wünschen übrig. Den größten Theil des Jahres hindurch war sie, nach ihrer eigenen Aussage, immer »zum sterben krank«, denn auf ihren bürgerlichen Ehegatten nahm sie am allerwenigsten Rücksicht; der mußte sich mit der Ehre begnügen, ihr Wagen und Reitpferde, Kammerzofen und Diener halten zu dürfen.

Er trug sein Loos mit philosophischem Gleichmuth und suchte die geistige Anregung, welche er bei seiner Frau nicht finden konnte, da sie nur französische Romane las, in guten Büchern, und besonders bei den Alten, die ihm durch geistvolle Lehrer schon in der Jugend lieb geworden waren.

Seine Frau hatte ihm, trotz ihrer Kränklichkeit, vier kerngesunde Kinder geboren, zwei Mädchen und zwei Knaben, deren Erziehung er sich umsomehr zu Herzen nahm, als er wohl fühlte, daß er ihnen kein Vermögen werde hinterlassen können. Er ließ die Söhne so lange zu Hause unter seinen Augen unterrichten, bis sie in eine höhere Gymnasialklasse eintreten konnten, und schickte sie dann fort, um sie dem verzärtelnden und zerstreuenden Einflusse der Mutter zu entziehen, obgleich diese durchaus nicht einverstanden damit war.

Von den beiden blühend heranwachsenden Töchtern galt Isabella, die ältere, für die schönste und war der erklärte Liebling der Mutter, die sie wie eine Puppe aufputzte und verhätschelte. während Helene, die jüngere, mehr nach dem Herzen des Vaters war, der ihre ganz außergewöhnliche Begabung in jeder Weise zu pflegen und auszubilden suchte, so daß sie schon mit sechzehn Jahren eine Reife des Geistes erlangt hatte, die sie vor allen Gefahren und schädlichen Einflüssen sicherte, denen sonst junge Mädchen im Verkehr mit der eleganten Welt leicht ausgesetzt sind. Sie war eine ernste, sinnige Natur und dabei so keusch von Gedanken, daß sie verschleierte Anspielungen zweideutiger Art, bei welchen ihre Schwester vorschriftsmäßig züchtig erröthete oder die Augen niederschlug, gar nicht verstand und ganz unbefangen nach ihrem Sinn fragte, wodurch sie oft Erzähler und Hörer, besonders aber ihre Mutter, in nicht geringe Verlegenheit brachte. Dabei war sie jedoch keineswegs eine Kopfhängerin, sondern konnte herzlich lachen, wenn sich wirklich Grund dazu bot; aber jenes übliche Lächeln und Kichern junger Damen, wenn junge Herren ihnen die nichtigsten Dinge sagen, blieb ihr fremd und unverständlich. Ihre Schwester hingegen war eine große Meisterin darin; sie wußte alten und jungen Herren das Herz aus der Brust zu lächeln und dabei den Perlenfächer mit ihren schlanken Fingern so zierlich zu schwingen, daß die Mutter ihre wahre Freude daran hatte und in Isabella einen echten Sprößling ihres eigenen edlen Bluts erkannte, während sie meinte, daß Helene mehr auf ihren bürgerlichen Vater arte, weshalb sie auch mit so großer Liebe an ihm hänge.

In der That zog Helene die Unterhaltung mit ihrem Vater jeder andern Unterhaltung vor, und war immer glücklich, wenn sie ihn auf seinen Spaziergängen und Ausflügen begleiten durfte, da er überall im offenen Buche der Natur lehrreiche Anknüpfungen zu finden wußte, und sie die Blumen des Wissens lieber frisch aus Feld und Wald holte, als in trockenen Herbarien kennen lernte.

Isabella dagegen bewegte sich, wie ihre Mutter, lieber auf glattem Parket als auf rauhen Feldwegen, um ihre zarten Füßchen zu schonen. Sie hatte auch allerlei gelernt, aber ohne rechtes Interesse: Anfangs nur um als eine fleißige Schülerin zu gelten, und später um in der Gesellschaft mitsprechen zu können, was bei derjenigen Gesellschaft, welche ihre Mutter bevorzugte, sehr leicht war.

So entwickelten sich die beiden Schwestern in ganz verschiedener Weise: die ältere sah schon als Kind aus wie eine kleine Salondame, hatte einen trippelnden Gang und eine wohldressirte Haltung der Arme und Hände, dabei etwas Verschleiertes in ihrem ganzen Wesen, – während die jüngere noch als sie schon erwachsen war einen kindlichen Eindruck machte mit ihren großen, offnen blauen Augen, welche die Reinheit ihres Herzens wiederspiegelten, und ihrer natürlichen Anmuth der Bewegung, der man bald anmerkte, daß sie von innen kam.

Was Helenen noch einen besondern Vorzug gab, war eine Stimme von seltener Klangfülle, die nur einer guten Schule bedurft hätte, um sie zu einer gefeierten Sängerin zu machen, wovon sie selbst keine Ahnung hatte und auch von Andern nichts hörte, da sie lediglich zu ihrem eigenen Vergnügen sang, und nur, wenn sie sich unbelauscht glaubte, in ihrem Zimmer oder im Garten, dann aber aus voller Seele.

Dem Vater ging immer das Herz auf, wenn er seine Helene singen hörte; er hing überhaupt so an ihr, daß er den Gedanken gar nicht fassen konnte, sich einmal von ihr trennen zu müssen, während die Mutter von nichts Anderm träumte, als ihre Töchter baldmöglichst »standesgemäß«, d. h., wie sie das Wort faßte: möglichst hoch über ihren Stand hinaus, verheirathet zu sehen. Zunächst dachte sie dabei natürlich an ihre Isabella, der es, wie sie meinte, auf keinen Fall fehlen könne, wogegen ihr Helene oft ernste Bedenken erregte, da diese den jungen Herren, welche das Haus besuchten, sich wenig zugänglich zeigte und ihnen die Unterhaltung nicht so leicht machte, wie ihre allezeit lächelnd entgegenkommende Schwester. Nur wenn getanzt wurde, tanzte sie herzhaft mit, und die besten Tänzer tanzten am liebsten mit ihr, die am leichtesten dahinflog und keine Ermüdung kannte. Auch an Ausflügen zu Pferde betheiligte sie sich gern und führte ihren muntern Rothfuchs so sicher, daß sie nie der Hülfe ihres Cavaliers bedurfte, was bei

Isabellen häufig der Fall war, vielleicht weniger aus Notwendigkeit, als weil sie glaubte, sich dadurch interessanter zu machen.

Es fehlte in der That nicht an jungen adeligen Herzen, welche zärtlich für die schöne Isabella schlugen, aber in keinem war die Liebe groß genug, um die Bedenken ihrer bürgerlichen Abkunft und ihrer Vermögenslosigkeit zu überwinden.

An einem schönen Julitage kamen einige Bekannte aus der Residenz, die zur Hirschjagd eingeladen waren und einen neuen Gast mitbrachten, der persönlich zwar keinen bedeutenden, aber auch keinen ungünstigen Eindruck machte, und bei der Frau Amtmännin schon durch den bloßen Klang seines Namens schnell in Gunst kam. Er hieß Graf Bender und war neuernannter Legationssecretair bei der Gesandtschaft eines mittleren deutschen Bundesstaats. Graf Bender war noch jung – er mochte etwa in der Mitte der Zwanziger stehn – hatte aber nichts Jugendliches in seiner Unterhaltung und seinen Bewegungen, die übrigens durchaus den Weltmann verriethen. Er war von mittlerer Größe, etwas schmal gebaut und Alles zusammen genommen von einer Erscheinung, die durch nichts Besonderes auffiel. Bei Tisch erhielt er seinen Platz zwischen der Herrin des Hauses und Isabella, denen er von London erzählen mußte, wo er seine diplomatische Laufbahn begonnen hatte. Er sprach in gewählten Ausdrücken, aber trocken und farblos, mit einer wenig sympathischen Stimme, deren Schärfe einigermaßen durch die Ruhe des Vortrags gemildert wurde. Er beherrschte die Unterhaltung nicht, sprach überhaupt nicht in lebendigem Zusammenhange, sondern gab nur Antwort auf die Fragen, welche an ihn gerichtet wurden. Gegen die Damen war er von vollendeter Höflichkeit, aber ohne durch einen Blick oder ein Wort zu verrathen, daß ihm Isabella besser gefalle als ihre Mutter. Seine Ruhe schien unerschütterlich. Zwar lachte er mit, als von andern Herren, auf welche der Wein anregend wirkte, komische Geschichten erzählt wurden, die allgemeine Heiterkeit erregten, aber sein Lachen war ganz äußerlich. Er aß mit gutem Appetit, aber trank sehr wenig Wein und hielt immer mit fast zimperlicher Bewegung die magere Hand auf sein Glas, wenn der Amtmann es wieder füllen wollte.

Nach Tisch wurde ein Spaziergang durch den Garten unternommen, wo es Graf Bender für artig hielt, sich auch ein wenig mit

Helenen zu unterhalten, und bei ihr schien er mehr aufzuthauen als bei Isabellen. Die Unterhaltung, welche immer lebhafter wurde, hätte wohl noch länger gedauert, wenn nicht die Mutter mit Isabellen dazwischen gekommen wäre, die den neuen Gast wieder für sich in Anspruch nahmen und ihn auch später beim Thee nicht von ihrer Seite ließen. Er sah sich zu wiederholten Malen nach Helenen um, konnte sie aber nicht entdecken: sie war gar nicht zum Thee gekommen, sondern hatte die kranke Haushälterin aufgesucht, mit der ein Stündchen verplaudert, und war dann noch ein wenig in den Garten gegangen, wo der Mond gar zu verlockend durch die hohen Bäume schien und sein mildes Licht über den stillen Weiher und die duftenden Beete ergoß.

Die Herren zogen sich früh aus der Gesellschaft zurück, nicht um gleich schlafen zu gehen, sondern um im Rauchzimmer des Amtmanns noch unter sich ein Glas Wein zu trinken und eine Cigarre anzuzünden. Nur Graf Bender, der weder ein Liebhaber von Wein, noch vom Rauchen war, suchte gleich sein Schlafgemach auf, verbat sich aber jede Dienstleistung von dem ihm voranleuchtenden Diener, der ihm beim Auskleiden behülflich sein wollte. Er sah nach der Uhr: es war erst halb zehn; zum Schlafen noch zu früh. Er öffnete das Fenster, um einen freiern Ausblick in die zaubervolle Mondnacht zu haben; da klangen aus einiger Ferne herzige Töne in sein Ohr, die ihn noch zaubervoller berührten, als der Mondenschimmer und die würzige Luft. Eine frische, glockenreine Mädchenstimme sang mit seelenvollem Ausdruck das Mozart'sche Lied: »Ein Veilchen auf der Wiese stand« u. s. w.

Kaum aber war die erste Strophe zu Ende gesungen, als die Sängerin plötzlich verstummte. Er horchte noch eine gute Weile in die Nacht hinaus, doch kein Ton ließ sich mehr vernehmen. Er fürchtete, von der Sängerin bemerkt worden zu sein und sie dadurch gestört zu haben, schloß das Fenster und legte sich schlafen. Es währte aber lange, bis er einschlief.

Zweites Kapitel.

Die Jagdgesellschaft brach am andern Morgen nicht allzufrüh auf, da der Amtmann vorher noch eine Menge Geschäfte zu erledigen hatte, so daß nicht nur Helene, die, nach dem Beispiele ihres Vaters, die ersten Sonnenstrahlen nicht gern versäumte, sondern auch Isabella am Frühstückstische erschien. Diese war jedoch nicht wenig verwundert, daß sich Graf Bender fast ausschließlich mit Helenen unterhielt, deren Gesang und ganze Erscheinung sein Herz wunderbar bewegt hatte. Seine Stimme gewann förmlich einen innigeren Ton, als er Helenen sein Bedauern ausdrückte, sie gestern Abend durch sein Erscheinen am Fenster im Singen gestört zu haben und dadurch um den Genuß gekommen zu sein, das schöne Lied zu Ende zu hören.

Sie antwortete mit leisem Erröthen:»An meinem Gesange haben Sie sicher wenig verloren, der Sie durch die besten Sängerinnen der Welt verwöhnt sind; aber da ich gewohnt bin nur für mich allein zu singen, so wollte mir kein Ton mehr aus der Kehle, als ich plötzlich das Zimmer erleuchtet sah und einen Herrn am offenen Fenster erblickte. Uebrigens hatte ich keine Ahnung, daß Sie es waren, Herr Graf, und dachte auch gar nicht darüber nach, wer es sein könnte; ich sah mich nur belauscht, und das machte mich stumm.«

»Ich kann nur mein Bedauern wiederholen,« erwiderte er,»das Lied nicht zu Ende gehört zu haben, und ich bitte Sie, mir zu glauben, daß es mein voller Ernst ist, wenn ich sage, daß mir nie ein Gesang so zu Herzen gegangen ist, wie der Ihre.«

»Dann thut es mir herzlich leid, das Lied nicht zu Ende gesungen zu haben,« sagte sie mit reizender Unbefangenheit.

»Aber könnte das nicht noch geschehen? Vielleicht heute Abend, nach der Rückkehr von der Jagd? Sie würden mir eine große Freude dadurch machen, und auch gewiß den andern Herren.«

»Ich habe noch nie in Gesellschaft gesungen, und ich fürchte, mein erster Versuch würde mich sehr befangen machen. Aber,« fuhr sie nach einigem Nachdenken fort,»vielleicht findet sich eine Gelegenheit, Ihnen das Lied allein vorzusingen, da Sie sagen, daß es Ihnen Freude macht.«

»Ich nehme Sie beim Wort!« erwiderte er, sichtbar sehr erfreut über die Bevorzugung, die ihm zu Theil werden sollte, und erhob sich dann, um den aufbrechenden Jagdgenossen zu folgen.

Isabella hatte mit ihren feinen Ohren Alles gehört, obgleich sie den Kopf immer nach der andern Seite bog, um nicht neugierig zu erscheinen, auch der ungewohnte Glanz, der bei Graf Bender's letzten Worten seine Augen belebte, war ihr nicht entgangen, und sie säumte nicht, der noch im Bette liegenden, aber nicht mehr schlafenden Mutter getreuen Bericht von Allem abzustatten.

Die wußte vor Staunen nicht, was sie sagen sollte. Es war ihr unbegreiflich, daß ein Mann von Welt mehr Gefallen an der natürlichen Anmuth Helenens, als an der erkünstelten Grazie Isabellens finden könne. Aber daß sich die Sache wirklich so verhielt, mußte Isabella selbst zugeben.

»Wo mag der Graf nur seine Augen haben!« sagte die Mutter, ihre Tochter wohlgefällig musternd. »Freilich,« fuhr sie nach einer Weile fort, »die Männer haben oft einen wunderlichen Geschmack.«

»Helenens Gesang scheint auf den Grafen einen großen Eindruck gemacht zu haben, obwohl er nur wenig davon gehört hat,« sagte Isabella.

»Das wird's sein,« erwiderte die Mutter, »es läßt sich nicht leugnen, daß sie eine hübsche Stimme hat; aber das Singen kann man doch in jedem Theater besser hören. Uebrigens wär' es kein Unglück, wenn der Graf Helenen heirathet, Du würdest dann sicher eine um so glänzendere Partie machen.«

Isabella erwiderte Nichts.

»Ruf' mir doch einmal Helenen her«, sagte die Mutter, »ich will mit ihr sprechen.«

Helene erschien, aber Isabella kam nicht wieder. Sie fühlte doch etwas wie eine Niederlage, das sie nicht so leicht verwinden konnte.

»Nun Lenchen,« hub die Mutter zärtlicher an, als sie sonst gewohnt war mit ihrer jüngeren Tochter zu sprechen, die plötzlich in ihren Augen sehr gestiegen war. »Nun, Lenchen, erst gieb mir einmal einen Kuß, und dann erzähle mir ausführlich, wie weit Du mit

Graf Bender gekommen bist und wie Du es angefangen hast, ihn für Dich zu gewinnen.«

Helene sah ihre Mutter mit großen Augen an und vergaß, höchlichst betroffen von ihrer Frage, sogar den ihr befohlenen Kuß zu geben.

»Nun,« fuhr die Mutter fort, als keine Antwort erfolgte, »hast Du mir denn gar nichts zu sagen, mein Kind? Komm, gieb mir einen Kuß und dann rücke mit der Sprache heraus: vor der Mutter braucht die Tochter nichts geheim zu halten.«

Helene beugte sich zu ihrer Mutter nieder, drückte ihr einen Kuß auf die Wange und sagte dann:

»Ich habe wirklich keine Geheimnisse zu enthüllen, liebe Mama.«

»Aber ich weiß doch von Isabellen, daß Du dem Grafen Bender versprochen hast, ihm heute Abend ein Lied unter vier Augen vorzusingen, ihm also einen Vorzug zu gewähren, dessen sich bis jetzt noch kein junger Herr von Dir zu erfreuen gehabt hat; und das setzt doch ein gewisses Einverständniß voraus, das ohne gewisse Einleitungen nicht denkbar ist, und darüber möchte ich Näheres erfahren.«

»Ich weiß von keinem Einverständniß und von keinen Einleitungen dazu,« erwiderte Helene treuherzig; »die Sache hat sich sehr einfach und ungesucht zugetragen. Gestern Abend, als ich von der kranken Gertrud kam, ging ich, während die Gesellschaft am Theetisch saß, noch ein wenig allein im Garten spazieren, setzte mich dann in die Hollunderlaube und sang, wie ich gern im Freien thue, ein Lied für mich hin, weil ich glaubte, ganz unbelauscht zu sein. Als ich aber Licht in einem der Fremdenzimmer und noch dazu eine Gestalt am offenen Fenster bemerkte, hörte ich auf zu singen und kehrte in's Haus zurück, um mich schlafen zu legen.«

»Daran hast Du wohlgethan, mein Kind.«

»Heute Morgen erst erfuhr ich, daß Graf Bender der zufällige Lauscher gewesen, und da er mir in lebhaftester Weise seine Freude an meinem Gesange, sowie sein Bedauern ausdrückte, nur eine Strophe des Liedes gehört zu haben, so fand ich nichts Unrechtes darin, ihm Hoffnung auf Erfüllung seiner Bitte zu machen, heute Abend das ganze Lied zu singen. Oder that ich Unrecht dadurch?«

»Durchaus nicht, mein liebes Kind! Aber sag' mir nur, wie Du es anzufangen gedenkst, ihm das Lied unter vier Augen vorzusingen?«

»Den Ausdruck »unter vier Augen« hab' ich nicht gebraucht, ich habe gesagt »allein«, und ich denke, es wird sich am besten so fügen, daß ich wieder im Garten singe, wie gestern, und daß Graf Bender mir vom Fenster seines Zimmers aus zuhört!«

»Da wär's doch viel einfacher, daß Ihr zusammen in den Garten ginget.«

»Das kann auch geschehen, wenn Du meinst, liebe Mama.«

Die Mutter wollte eigentlich ihrem Kinde noch einige kluge Verhaltungsregeln geben, aber sie war durch die völlige Unschuld und Offenheit, welche sich in Helenens Benehmen und Gesicht offenbarten, das sie heute viel hübscher fand als gewöhnlich, auf andere Gedanken gekommen und hielt es für besser, sie ganz ihrer eigenen Führung zu überlassen. Sie dachte: der Graf hat an ihr Gefallen gefunden, so wie sie ist, und eine Veränderung ihres Benehmens könnte leicht seine Neigung auch ändern.

Die Herren kehrten schon am Nachmittage von der Jagd zurück, sehr zufrieden mit ihrem Erfolge: Graf Bender allein hatte kein Stück Wild erlegt, zum großen Bedauern des Jagdherrn. Beim Mittagsmahl und beim Thee ging's ähnlich zu, wie am vergangenen Tage, nur mit dem Unterschiede, daß Graf Bender lebhafter in der Unterhaltung war, und Isabella weniger lächelte, obgleich sie wieder an seiner Seite saß und er es an Aufmerksamkeiten gegen sie nicht fehlen ließ. Er hatte Gelegenheit gefunden, Helene an ihr Versprechen zu erinnern, und die Antwort erhalten: sie werde mit ihm, wenn die übrigen Herren sich in's Rauchzimmer zurückgezogen hätten, in den Garten gehen und ihm dort das Lied vorsingen. Diese Antwort hatte ihn so erfreut, daß sein ganzes Wesen dadurch mehr Schwung gewann, als es sonst zu haben pflegte. Es schien ihm ein günstiges Zusammentreffen aller guten Schicksalsmächte zu sein, daß die Hausherrin den ganzen Abend über Kopfweh klagte und sich in Folge dessen schon um neun Uhr zurückzog, wonach die Herren dann auch bald aufbrachen, und desgleichen Isabella sich entfernte »um nach Mama zu sehen«. So konnte er denn gänzlich ungestört Helenen in den Garten folgen, der ihm im sanften Mondenschimmer heute noch zaubervoller erschien, als gestern.

»Ich habe doch eine gewisse Furcht,« sagte Helene, als sie mit ihm durch die Kastanienallee ging, »daß ich Ihnen heute nicht so zu Dank singen werde, wie gestern, wo ich mich allein glaubte.«

»Diese Furcht wird bald verschwinden, wenn Sie nur erst einmal im Zuge sind.«

»Aber um hineinzukommen, muß ich mich in den Schatten setzen, und so, daß ich Sie gar nicht sehe.«

»Ganz wie Sie wünschen; wenn ich nur nahe genug bleiben darf, um Sie zu hören.«

Sie setzte sich auf eine Bank, welche eine mächtige Ulme umspannte und fing dann ohne Ziererei gleich an zu singen, während er in geringer Entfernung stehen blieb, bis das Lied zu Ende war. Nun trat er hinzu und sagte bewegt:

»Wer Sie immer so singen hören könnte!«

»Der würde bald genug haben!« erwiderte sie lachend.

»Darauf würd' ich es ankommen lassen.«

»Sie sind eben sehr nachsichtig.«

»Das hab' ich noch nie von mir rühmen hören.«

»Dann wirkt hier wohl die Gunst der Umstände zu Ihrem freundlichen Urtheil mit. Es war gestern ein so schöner Abend wie heute, und im weichen Lichtmeer des Mondes verschwimmen alle Unebenheiten; die sanfte Stille, die milde, würzige Luft, das geheimnißvolle Weben der Nacht stimmen das Gemüth für Alles empfänglicher.«

»Gewiß erhöht dieser Zauber den Reiz des Schönen, läßt aber auch Alles, was zu dem holden Einklang der Natur nicht stimmt, um so greller als Mißton erscheinen.«

»Und Sie haben wirklich keinen Mißton in meinem Gesange gefunden?«

»Er war die Seele der Nacht; er gab dem Einklang der Natur den
innigsten Ausdruck.«

»Sie könnten mich eitel machen, wenn ich Anlagen dazu hätte;
aber Ihr Lob hat wenigstens das Gute, daß es mir mehr Selbstvertrauen giebt.«

»Ich habe nur Eines bei Ihrem Gesange vermißt.«

»Und das ist?«

»Daß ich Sie nicht dabei ansehen durfte. Ist es unbescheiden,
wenn ich Sie bitte, mir noch ein Lied zu singen und dabei in Ihrer
Nähe bleiben zu dürfen?«

»Durchaus nicht, denn meine Furcht ist jetzt völlig verschwunden. Aber welches Lied möchten Sie am liebsten hören?«

»Kennen Sie das Beethoven'sche: »Ich liebe Dich, sowie Du
mich«?«

»Das kenn' ich sehr gut,« sagte sie, und sie sang es mit solcher
Glut der Empfindung, daß dem Grafen Alles um ihn her in Seligkeit
zu verschwimmen schien. Er fand keine Worte, ihr seinen Dank
auszusprechen, als sie zu Ende war; er wollte ihr die Hand küssen,
aber sie entzog sie ihm in einer Weise, welche zeigte, daß ihr solche
Huldigungen unlieb oder ungewohnt waren. Er hätte ihr mögen zu
Füßen fallen und sie fragen, ob auch nur ein Funke der Glut des
Liedes ihm gegolten; aber die Furcht vor einem vernichtenden
»Nein« hielt ihn zurück. Kühnes Wagen lag nicht in seiner Natur; er
war nicht der Mann, sein Glück auf Einen Wurf zu setzen. Und so
erhob er auch keinen Einwand, als Helene aufstand und mit einer
Gelassenheit, in der Nichts von der leidenschaftlichen Bewegung
des Liedes nachzitterte, sagte:

»Die Glocke schlägt zehn; wir müssen in's Hans zurück; ich lege
mich gewöhnlich um diese Zeit schlafen, und Sie haben mir gesagt,
daß Sie morgen zeitig aufbrechen wollen.«

»Meine Dienstpflicht bringt es leider so mit sich; sonst wär' ich
gar zu gern noch geblieben. Ich werde wohl nicht das Glück haben,
Sie morgen noch zu sehen?«

»Ei, das hängt ganz von Ihnen ab. Papa und ich sind Frühaufsteher und immer die Ersten im Hause.«

»Sie lieben Ihren Herrn Vater wohl sehr?«

»Ganz unsäglich; ich könnte mir das Leben ohne ihn gar nicht denken.«

»Ich hänge auch sehr an meinem Vater und unternehme nichts Wichtiges, für das Leben Entscheidendes, ohne seinen Rath einzuholen,« sagte er mit besonderer Betonung. Helene dabei bedeutungsvoll ansehend. Sie verstand den Sinn seiner Worte nicht ganz, erwiderte aber:

»Das würd' ich auch nicht thun. Doch nun gute Nacht; hier trennen sich unsere Wege,« sagte sie, ihm die Hand reichend, als sie im Flur des Schlosses angelangt waren.

»Gute Nacht!« erwiderte er, »also ich darf auf das Glück hoffen, Sie vor meiner Abreise noch zu sehen?«

»Gewiß, ich werde beim Frühstück erscheinen.«

Er wollte noch etwas sagen, aber sie war schon verschwunden und der Bediente kam ihm entgegen, um nach seinen Befehlen zu fragen.

Graf Bender ging noch lange in seinem Zimmer auf und nieder, ehe er sich schlafen legte, Gefühle der widersprechendsten Art bewegten seine Brust und ließen ihn nicht zur Ruhe kommen. Er war im Grunde seines Herzens mit sich sehr unzufrieden, während sein Verstand ihm sagte, er habe »korrekt« gehandelt – ein Lieblingsausdruck seines Vaters, auf den Sohn übergegangen.

Bei schärferem Nachdenken fand er jedoch, daß er – im Sinne des Vaters – keineswegs ganz korrekt gehandelt, da er seinem Herzen eigentlich gar nicht hätte erlauben dürfen, für ein Mädchen unter seinem Stande zu erglühen. Sein Vater – früher Militair, jetzt Obersthofmeister – war ein entschiedener Gegner aller ungleichen Verbindungen und es stand kaum zu hoffen, daß er seinen Segen zu einer solchen geben werde. Das wußte der in strenger Zucht erzogene Sohn nur zu gut. und dennoch hatte er sich verliebt in eine Bürgerliche, die ihm zuviel Achtung einflößte, als daß er im Stande gewesen wäre, sie zu hintergehen. Er begriff selbst nicht, wie er dazu gekommen, sein Herz so schnell zu verlieren, denn bis dahin hatte keine Dame einen ähnlichen Eindruck auf ihn gemacht, wie Helene. Ihr zu entsagen, hielt er für unmöglich, und doch konnte er den Gedanken nicht fassen, ohne Einwilligung seines Vaters um sie zu werben. »Wäre ich nur wenigstens mit *ihr* in's Reine gekommen – murmelte er unruhig auf- und abgehend vor sich hin – wüßte ich nur sicher, daß sie meine Liebe erwiderte, so stünde ich doch mit Einem Fuße auf festem Boden, während ich jetzt mit beiden in der Luft schwebe. Denn gesetzt, es gelänge mir, das Herz des Vaters zu rühren, wer bürgt mir dafür, daß *sie* meine Werbung günstig aufnimmt?«

Er traute sonst dem Klange seines Namens viel zu und war so gesucht einfach in seinem Anzuge, wie sparsam mit Worten in Gesellschaft, weil er glaubte, daß sein bloßes Auftreten als Graf Bender alles Andere überflüssig mache. Aber Helenen gegenüber schien ihm sein Grafentitel nicht schwer in's Gewicht zu fallen, denn die Liebe macht bescheiden und schätzt das, was sie liebt, höher als sich selbst.

Während so Graf Bender in einem Labyrinthe von Gedanken, aus welchen er keinen Ausweg zu entdecken vermochte, den größten Theil der Nacht ruhelos zubrachte, schlief Helene den süßen Schlaf der Unschuld und war schon wieder wach, als er, der um ihretwillen gewacht, kaum die Augen geschlossen hatte. Beim Frühstück fand er sie frisch, wie eine Maiblume, aber es blieb ihm nicht Zeit zu langer Unterhaltung mit ihr, denn der Wagen wartete schon auf dem Hofe und die Reisegefährten drängten zum Aufbruch.

»Wird es Ihnen nicht unangenehm sein, wenn ich bald wiederkomme?« fragte Graf Bender beim Abschiede von Helenen.

»Im Gegentheil,« antwortete sie, ihm freundlich die Hand reichend, »und ich werde inzwischen neue Lieder einstudiren.«

* * *

Helene mußte ihrer Mutter wieder über ihr gestriges Beisammensein mit Graf Bender Bericht abstatten, was sie mit der größten Unbefangenheit that.

»Warum erlaubtest Du ihm denn nicht, Deine Hand zu küssen?« fragte die Mutter.

»Ich weiß selbst nicht, liebe Mama, aber es kam mir so sonderbar vor.«

»Er scheint sich doch sehr für Dich zu interessiren.«

»Für meinen Gesang.«

»Das verstehst Du nicht besser, mein Kind! Sag' mir einmal aufrichtig, was würdest Du gethan haben, wenn er Dir ein Liebesgeständniß gemacht hätte?«

»Das weiß ich selbst nicht . . . ich glaube, ich wäre davongelaufen. Aber der Fall ist ja auch gar nicht denkbar. Du sagst ja immer, ich sei noch ein ungeschliffenes Kind, und wie sollte er dazu kommen, sich in mich zu verlieben. Er hört mich gern singen; das ist Alles.«

»Fühlst Du denn Nichts für ihn?«

»Nicht mehr, als ich für andere Menschen fühle, die zu mir so freundlich sind, wie er.«

»Du bist noch ein unerfahrenes Kind, aber es ist meine Pflicht als Mutter, Dich auf die großen Vortheile aufmerksam zu machen, welche für Dich, für uns Alle, ans einer immerhin möglichen Verbindung mit Graf Bender ersprießen würden. Du hast mir gesagt, er werde bald wiederkommen, was mir auch sehr wahrscheinlich ist; gesetzt, er hielte dann bei mir um Deine Hand an, oder erklärte Dir selbst seine Liebe, so müßten wir doch genau wissen, was in solchem Falle zu thun, und Du wirst Einsicht genug haben, um zu begreifen, daß es nicht wohlgethan sein würde, solche Partie zurückzuweisen.«

»Aber, liebe Mama, muß ich denn durchaus heirathen? Ich bliebe weit lieber zu Haus! Wollt Ihr mich denn nicht bei Euch behalten?«

Helene sagte das in einem so rührenden Tone, daß die Mutter darüber aus der Fassung kam und im Augenblick außer Stande war, in ihren Belehrungen fortzufahren.

»Beruhige Dich, mein Kind,« sagte sie, »Du wirst doch nicht glauben, daß ich Dich gegen Deine Neigung zu einer Heirath zwingen würde. Komm', küsse mich, liebes Lenchen! Wir sprechen ein andermal über die Sache.«

Helene fiel der Mutter weinend um den Hals und verließ das Zimmer in trüberer Stimmung, als sie es betreten hatte. Ihre Unbefangenheit war dahin; der Ernst des Lebens umwölkte zum Erstenmale die Sonnenhelle ihrer Gedanken.

Kaum war Helene fort, als Isabella eintrat und, betroffen ihre Mutter in ungewöhnlicher Aufregung zu finden, sie nach der Ursache fragte.

»Nun,« sagte Isabella, als sie von der Mutter alles mit Helenen Vorgefallene erfahren hatte, »für so empfindsam hätt' ich unser Lenchen nicht gehalten. Ich sollte denken, das Unglück wäre doch nicht gar so groß, von einem jungen Grafen geliebt zu werden, dem eine glänzende Laufbahn bevorsteht. Denn daß der Graf sie liebt, unterliegt für mich keinem Zweifel, und wenn sie seine Liebe nicht erwidert, so ist sie, nach meinem Dafürhalten, eine Närrin.«

»Das war auch *mein* Gedankengang,« sagte die Mutter, »und Du bestätigst mich darin, daß ich das Rechte getroffen; aber Du hättest nur sehen sollen, wie sie mich weinend umschlang; ich verlor ganz die Fassung; mir kamen wahrhaftig selbst die hellen Thränen in die Augen. Allein wir werden sie schon zur Vernunft bringen: es wird sich Alles noch machen, man muß ihr nur Zeit zum Nachdenken lassen; wir haben Lenchen immer zu sehr als Kind behandelt und sie geht doch schon in's achtzehnte Jahr.«

»Ich fürchte,« hub Isabella wieder an, »ich fürchte sehr, es ist ernsterer Grund vorhanden, uns traurig zu stimmen, als Lenchens Empfindsamkeit.«

»Du erschreckst mich, liebe Bella, was giebt's denn?«

»Ich war eben unten beim Vater, um ihn zu fragen, ob er nichts an Oskar zu bestellen habe, an den ich schreiben wollte, und ich traf ihn in einem Zustande, wie ich ihn nie gesehen: die Stirnadern geschwollen, die Augen umdüstert, den Mund krampfhaft verzogen; ich fürchtete mich ordentlich vor seinem Anblick. »Was giebt's?« fragte er mich barsch. »Ich wollte an Oskar schreiben, lieber Papa, und Dich fragen, ob Du nichts zu bestellen habest.« »Schreib' ihm, daß er ein gewissenloser Bursche sei, der seinen Vater in's Unglück stürze mit seiner Verschwendung!« Ich zitterte am ganzen Leibe bei diesen Worten, da er so laut sprach, daß man's im Nebenzimmer hören mußte. Ich war in einer Aufregung, daß ich Nichts erwidern konnte, und schlich mich wieder davon. Auf dem Flur kam Piper in athemloser Hast an mir vorbeigerannt, mit förmlich glühendem Gesichte.»Was giebt's, Piper?« fragte ich. Er stolperte im Versuch stehen zu bleiben, schüttelte traurig den struppigen Kopf und schwenkte abwehrend die schmutzige Hand, als ob er um ein schreckliches Geheimniß wüßte, das er nicht verrathen dürfe. Ich gab ihm ein Zehngroschenstück, um ihn zum Reden zu bringen, aber er stieß nur die Worte aus:»Schlimme Briefe sind angekommen, schlimme Briefe! Große Summen müssen schnell aufgebracht werden, große Summen!« und dann rannte er fort; seine großen fetten Augen rollten, wie im Wahnsinn.«

»Oskar wird wieder Schulden gemacht haben,« sagte die Mutter seufzend;»er ist ein guter Junge, aber gar zu leichtsinnig, und Heidelberg ist für Studenten, die von Haus aus an ein gutes Leben gewöhnt sind, ein theures Pflaster.«

»Es scheint sich aber diesmal um bedeutende Summen zu handeln.«

»Es ist eben ein Unglück, wenn man kein ansehnliches Vermögen hat und doch standesgemäß leben muß. Da werden Wucherer in Anspruch genommen, und die Schulden wachsen bald in's Große.«

Sie machte diese, nach ihrem Dafürhalten sehr weise Bemerkung, in einem Tone und mit einer Miene, als ob die Sache nun dadurch erledigt wäre. Sie bat Isabella dann, ihr das Kammermädchen zu schicken, da sie aufstehen wolle, um sich anzukleiden. Eine Stunde später trat der Amtmann bei ihr ein, sehr niedergeschlagen aussehend, aber doch nicht mehr so aufgeregt, wie Isabella ihn geschildert hatte.»Liebe Erna,« hub er an,»unsere Herren Söhne haben uns wieder eine schöne Ueberraschung bereitet. Da sieh nur!« Und er gab ihr einen Ueberblick der fälligen Wechselschulden.

»Mit Ernst scheint doch die Sache noch nicht so schlimm zu stehen,« sagte sie nach kurzer Prüfung der Papiere.

»Aber mit Oskar desto schlimmer! und mit Ernst auch schlimm genug, kurz, die Sache ist die, daß ich jetzt rasch thun muß, was schon längst hätte geschehen sollen und auch geschehen wäre, wenn Du nicht immer Einspruch dagegen gethan hättest.«

»Was meinst Du?«

»Daß ich auf der Stelle unsere Luxuspferde verkaufen und überhaupt dafür sorgen muß, von heute an unserem Haushalt einen bescheideneren Zuschnitt zu geben.«

»Aber, lieber Otto, bedenke doch nur, das ist ja unmöglich!«

»Ich habe Alles bedacht, und gefunden, daß ich schon viel zu lange gezögert, energische Maßregeln zu treffen, durch welche allein unserm Ruin vorgebeugt werden kann. Alle meine Hülfsquellen sind erschöpft; ich weiß mir nicht anders zu helfen, als durch möglichste Einschränkung. Wozu auch diese kostspielige Vornehmthuerei, die nichts Anderes bezweckt, als den Leuten Anlaß zu allerlei Gerede zu geben? Wozu brauchen wir fünf Luxuspferde und drei Wagen? So lange es irgend ging, habe ich Dir gern den Gefallen gethan; aber es geht nicht mehr: also fort mit dem Ueberflüssigen! Ein Wagen genügt für uns Alle.«

»Bedenke doch nur, wie unser Ansehn dadurch sinken müßte, gerade jetzt, wo wir Aussicht haben zu einer glänzenden Partie für Helene . . .«

»Bilde Dir doch nichts ein! Wieviel glänzende Partien hast Du schon für Isabella in Aussicht gehabt, und es ist noch keine zu Stande gekommen. Und wer ernste Absichten auf eines unserer Kinder hat, wird lieber in eine wohlgeordnete Familie hinein heirathen, als in eine ihrem Ruin mit offenen Augen entgegenstürzende.«

»Du bringst mich noch unter die Erde mit Deiner Herzlosigkeit!« rief sie unter Thränen.

»Nun soll ich gar herzlos sein!« sagte er kopfschüttelnd. »Ich habe nur zu oft Deinen Thränen nachgegeben, selbst wo alle Vernunftgründe dagegen sprachen; aber es geht nicht länger. Das Nothwendige muß endlich geschehen; ich wollte es nur nicht thun, ohne Dich vorher davon in Kenntniß zu setzen.«

Seine Frau konnte vor heftigem Schluchzen kein Wort mehr hervorbringen und weinte noch fort, als er, diesmal unbeugsam, das Zimmer wieder verlassen hatte. Isabella kam, hörte die Trauergeschichte von der weinenden Mutter und fing auch an zu weinen; nicht über die Sorgen des geplagten Vaters, sondern über den drohenden Verlust ihres schönen Apfelschimmels, auf welchem ihr das grünsammtne Reitkleid so reizend stand, wie man ihr so oft gesagt hatte.

»Ich werde die Schande nicht überleben!« seufzte die Mutter.

»Ich auch nicht!« seufzte Isabella.

»Aber ich fürchte, dadurch wird sich der Vater nicht abhalten lassen, Wagen und Pferde zu verkaufen,« sagte die Mutter.

»Das fürcht' ich auch. Giebt es denn gar keinen Ausweg?«

»Welchen Ausweg sollt' es für uns arme, hülflose Geschöpfe geben?«

»Nun,« sagte Isabella, »wenn Du zum Beispiel einen Theil Deines Schmucks verkauftest, nur das Ueberflüssige, was Du niemals trägst; das würde doch mehr einbringen, als der Verkauf der Pferde, und nicht solches Aufsehn erregen. Ja, es ließe sich ganz insgeheim bewerkstelligen, wenn wir nach der Residenz führen.«

»Das verstehst Du nicht besser, mein Kind; mein Schmuck ist ein Familienheiligthum, das nicht verkauft werden darf, nur vererbt werden kann. Mein Wappen ist darauf eingegraben; jedes Stück gehört zu mir, wie Hände und Füße. Du würdest am meisten durch den Verkauf meines Schmucks verlieren, denn Dir ist das Beste davon bestimmt. Aber Du hast mich durch Deinen Vorschlag auf einen andern Gedanken gebracht, der uns zwar nicht aus unserer Noth heraushelfen wird, aber doch ermöglichen kann, auf eine gelindere Art über die Schande hinwegzukommen, welche uns der Vater bereiten will. Wir wollen auf einige Zeit nach der Residenz. Ich schreibe gleich an meinen Bruder, um uns anzumelden. Er ist hübsch eingerichtet, hat Raum genug im Hause und eine liebenswürdige Frau, die schon dafür sorgen wird, Dich zu zerstreuen. Du kannst auch Dein Reitkleid mitnehmen, für alle Fälle.«

Der Thränenquell der Mutter war während der langen Rede völlig versiegt, und auch Isabellens Augen waren wieder trocken, als sie fragte: »Wann sollen wir denn abreisen, liebe Mama?«

»Je früher, desto besser; ich denke, schon morgen.«

* * *

Der Amtmann wollte einen letzten Versuch machen, eine Anleihe zu ermöglichen, ohne Wucherern in die Hände zu fallen. Er hatte eine Reihe von Jahren hindurch einem sehr wohlhabenden Bauern, dem reichen Heineke, wie er in der ganzen Nachbarschaft genannt wurde, wichtige Dienste geleistet durch gute Ratschläge und friedliche Lösung verwickelter Streitfragen, die sonst zu langwierigen Prozessen geführt haben würden. Der reiche Heineke, von dem die Rede ging, daß sich Alles unter seinen Händen in Gold verwandele, hatte früher öfter geäußert, wie sehr es ihn freuen würde, wenn ihm der Herr Amtmann einmal eine rechte Gelegenheit geben wollte, sich ihm dankbar zu erweisen.

Seit einiger Zeit war der Bauer dem Amtmann ganz aus den Augen gekommen; nun fand er den Namen Heineke zufällig auf einem Aktenbündel und kam dadurch auf den Gedanken, den alten Mann aufzusuchen. Er nahm Helene mit, um das verständige Mädchen über die im Schloß bevorstehenden Veränderungen aufzuklären, und die Beiden gingen zu Fuß nach dem kaum ein Stündchen entfernten Dorfe, um sich ungestört unterhalten zu können. Es betrübte Helene unendlich, ihren Vater durch die Schuld des leichtsinnigen *Oskar* so in Sorgen zu sehen, aber sie ging so ganz auf seine Pläne ein, daß ihm durch ihre liebevolle Theilnahme viel leichter um's Herz wurde. Er verschwieg ihr auch nicht, was ihn nach dem Dorfe führte, dem sie schon ziemlich nahe waren, als ein alter, ärmlich aussehender, gebeugt einherschleichender Mann ihnen begegnete, den der Amtmann erst recht erkannte, als jener seinen breitkrempigen, tief in's Gesicht gedrückten Hut vom Kopfe zog, um zu grüßen.

»Seid *Ihr* das, Heineke?« fragte der Amtmann mit bewegter Stimme.

»Ick wett selber nich, Herr Ammann, ob ick noch ick bin oder nich. Kein Minsch kann't glöben.«

Der Amtmann suchte nun durch allerlei Kreuz- und Querfragen aus dem alten Heineke herauszubringen, was die traurige Veränderung in ihm bewirkt habe, den er noch vor anderthalb Jahren als einen rüstigen, stattlichen Mann gesehen. Der wesentliche Inhalt dessen, was er von ihm erfuhr, war kurzgefaßt folgender: Der alte Heineke hatte vor einem Jahr, wenige Wochen nach der Verheirathung seiner einzigen Tochter, seinen einzigen Sohn an einer räthselhaften Krankheit verloren. Seit der Zeit wollte es mit der Arbeit nicht mehr recht vorwärts gehn, so sehr er sich auch bemühete, durch Beschäftigung seiner Trauer abzuhelfen. Eines Tages ganz schweißtriefend in plötzlich herabströmendem, kalten Regen vom Felde heimgekehrt, fühlte er im Rücken einen heftigen Schmerz und als er sich beim Auskleiden bückte, war es ihm, als ob ihm das Rückgrat gebrochen wäre. Die alte Magd meinte er habe den Hexenschuß bekommen, aber seine Tochter und sein Schwiegersohn, die am folgenden Tage erschienen, sagten, der Schlag habe ihn gerührt, und er müsse schnell sein Testament machen, denn er könne in jeder Stunde sterben. Er vermachte ihnen Alles und bereitete sich bußfertig auf den Tod vor, wurde aber nach vierzehn Tagen wieder gesund und sah sich auf's Altentheil gesetzt, wo es ihm nicht besser erging als einem Bettler, den man gern los sein möchte.

Der Amtmann schenkte dem alten Heineke, der keine Gelder mehr zu verleihen hatte, einen Thaler und kehrte unverrichteter Sache mit seiner Tochter nach Hause zurück, unter Betrachtungen über die Unbeständigkeit des Glücks auf Erden.

Auf Helene hatte die Geschichte einen tiefen Eindruck gemacht; es war ihr unfaßlich, daß ein Kind gegen den Vater so handeln könne, wie die Tochter dieses alten Lear vom Dorfe. Dabei fielen ihr ihre Brüder ein: brachten diese ihren Vater nicht auch um das Seinige, wenn auch auf andere Weise? Sie wagte den Gedanken nicht auszudenken. Dagegen gedieh jetzt ein Entschluß zur Reife, der schon, während der Vater ihr von seinen Bedrängnissen erzählte, in ihr aufgekeimt war. Sie fühlte den Beruf und die Kraft in sich, dem Vater auf irgend eine Art, die ihr Gewissen nicht schädigte, zu helfen, denn sie begriff sehr gut, daß der Verkauf der Pferde und die Einschränkung des Haushaltes, die er beabsichtigte, ihn doch nicht ganz von seinen Sorgen um die Familie befreien würde. Man hatte ihr so oft von ihrer schönen Stimme und musikalischen Begabung geredet; nun fügte es ein glücklicher Zufall, daß gerade zu der Zeit eine aus der kleinen Stadt gebürtige Sängerin, die an der Hofbühne eine hervorragende Stellung einnahm, bei ihrem Bruder, einem angesehenen Advokaten, zum Besuch war. Von dieser wollte sich Helene einmal ernstlich prüfen lassen, um zu erfahren, ob sie wirklich große Hoffnungen auf ihr Talent bauen dürfe. Der verheirathete Bruder der Sängerin stand mit den Schloßbewohnern auf geselligem Fuße, und so glaubte es Helene schon wagen zu dürfen, ihr einen Besuch zu machen. Sie kam aber erst nach ein paar Tagen dazu, da es vor der Abreise ihrer Mutter mit Isabellen nach der Residenz noch heftige Scenen im Hause setzte, welche das arme Kind ganz unglücklich machten. Diese Scenen wurden veranlaßt durch die unzarten Ausdrücke, welche die Mutter sich gegen den Vater erlaubte, um ihre Reise zu begründen.

Die trüben Eindrücke wurden einigermaßen gemildert durch das höchst günstige und verheißungsvolle Urtheil, welches die Sängerin über Helenens Begabung fällte. Da die Sängerin ein paar Wochen im Orte blieb und Helene jetzt ganz unbeengt von Mutter und Schwester sich bewegen konnte, so kamen die Beiden täglich zusammen, denn es war unmöglich Helene näherzutreten, ohne sie liebzugewinnen. Sie vertraute der ihr sehr sympathischen Sängerin ihren Plan an, und diese versprach, ihr in jeder Weise bei der Ausführung behülflich zu sein. Helene fand noch Jemanden, der ihre Zwecke fördern sollte ohne darum zu wissen. Es war das der englische Gesandte, ein langjähriger Besucher des Hauses, der jetzt kam, um Abschied zu nehmen, da ihm die schon öfter nachgesuchte Enthebung von seinem Posten endlich bewilligt worden war. Er wollte nun den Winter mit seiner jüngsten Tochter Mary in Paris zubringen und dann nach England zurückkehren. Mary war Helenen sehr zugethan und deshalb auch jetzt mitgekommen, um sie noch einmal zu sehen. Sie trat mit ihrem Vater gerade in's Zimmer, als Helene mit der Sängerin das Schreibduett aus Figaro einübte. Der alte freundliche Herr, ein großer Musikliebhaber, kannte die Sängerin sehr gut von der Residenz her, wußte jedoch von Helenens musikalischer Begabung nichts, und war deshalb nicht wenig überrascht, so süße Töne aus ihrem kleinen rosigen Munde zu hören. Er bat die Damen, sich nicht stören zu lassen; Mary war auch ganz entzückt, und die Sängerin that ihr Möglichstes, um Helenens Talent recht in's Licht zu stellen, wobei sie lebhaft ihr Bedauern ausdrückte, daß das liebe Fräulein in der kleinen Stadt gar keine Gelegenheit habe, große Vorbilder zu hören und eine höhere Schule durchzumachen.

»Aber kommen Sie doch mit uns nach Paris; da finden Sie Alles was Sie brauchen!« sagte der alte Herr mit einem Ausdruck, der deutlich verrieth, wie glücklich er sein würde, wenn sie zustimmte.

»Ach ja, kommen Sie mit uns!« fiel Mary ein, »das wäre gar zu schön! Wir wollen Ihren Papa recht bitten, und er wird gewiß nicht Nein sagen.«

Helene war so bewegt von der Aussicht, die sich ihr so unerwartet eröffnete, daß sie nicht gleich Worte fand ihren Gefühlen Ausdruck zu geben.

»Paris ist eine schöne Stadt,« hub der alte Herr wieder an, »und Sie werden es nicht bereuen, dort einen Winter mit uns zu verleben. In einer Woche bin ich mit allen Abschiedsbesuchen zu Ende und dann komm' ich wieder mit Mary hierher, um Sie abzuholen, wenn Sie Ja sagen.«

Helene sagte gern Ja, und die Einwilligung des Vaters war auch nicht schwer zu erlangen, so schmerzlich es ihm auch war, sich von seinem lieben Kinde, seinem Haustrost, wie er sie nannte, zu trennen. Von ihren tieferen Absichten hatte er keine Ahnung, aber er hielt es für gut, sie aus der unerquicklichen Luft, die jetzt im Hause wehete, zu befreien, und er wußte, daß er sich in jeder Beziehung auf sie verlassen konnte.

Die Tage der Vorbereitung zur Reise vergingen rasch; es gab rührende Stunden dazwischen, und der Abschied war so ergreifend, daß der alte Engländer sich sagte: du mußt viel thun an dem Kinde, um ihr einigermaßen Das zu ersetzen, was sie zurückläßt.

Drittes Kapitel.

Der Zufall wollte, daß an demselben Tage, da Helene in Paris eintraf, Graf Bender wieder zum Besuch in's Amtshaus kam. Er würde schon früher gekommen sein, wenn er bessere Nachrichten von Haus mitzubringen gehabt hätte; allein seine schlimmsten Befürchtungen hatten sich bestätigt; sein Vater wollte von Helene nichts wissen und bat ihn, sich nicht länger der thörichten Hoffnung hinzugeben, jemals den elterlichen Segen zu einer Mißheirath zu erlangen. Der Vater schrieb unter Anderm: »Daß Du Dich in ein hübsches Bürgermädchen verliebt hast, nehme ich Dir nicht übel; daß Du Dich ihr gegenüber durch Nichts gebunden hast, war klug gehandelt, wie es von Dir zu erwarten stand: um so leichter ist es Dir jetzt, Dich ganz von ihr zurückzuziehen, was ich von Dir so sicher hoffe, wie ich auf Deine Liebe baue; denn Du hast zu viel Verstand um nicht einzusehen, daß die großen Vortheile Deines Standes Dir auch große Entsagungspflichten auferlegen, und daß jede Stufe, die man abwärts steigt, ein Schritt ist, der zum Verderben führt.«

Der junge Graf war von früh auf so daran gewöhnt, sich der väterlichen Autorität zu beugen, daß er auch jetzt alles Mögliche that, sich jeden Gedanken an Helene aus dem Kopfe zu schlagen; allein ihr sonniges Bild umschwebte ihn im Wachen und im Träumen, störte ihn in seinen Arbeiten, wenn er es verscheuchen wollte, und machte ihm Alles leicht, wenn er sich seinem Zauber hingab.

So kam er nach langem Kampfe mit sich selbst endlich zu dem Entschlusse, Helene auch ohne die Einwilligung des Vaters zu heirathen, wenn sie ihn ebenso liebte wie er sie. Dies durch ein offenes Geständniß zu ermitteln, war der Zweck seines zweiten Besuchs. Und nun sollte er sie gar nicht mehr finden! Er war so unglücklich darüber, daß er nicht wußte, was mit sich anzufangen, und sich selber verwünschte, nicht einige Tage früher gekommen zu sein. Doch wollte er nicht ganz unverrichteter Sache umkehren und wenigstens dem Vater mittheilen, was er der Tochter nicht mehr sagen konnte. Er beichtete dem Amtmann Alles, der ihn ruhig anhörte und erwiderte: »Ich begreife vollkommen Ihre Liebe zu Helenen, Herr Graf, denn obwohl sie mein eigenes Kind ist, muß ich sagen: es giebt kein herzigeres Mädchen auf der Welt, so ganz unverdorben, ohne Falsch und Flitter. Mein ganzes Haus kommt mir verödet vor, seit sie fort ist. Wie könnt' ich nun etwas Anderes wünschen als mein Kind glücklich zu sehen? Findet sie, daß die Verbindung mit Ihnen sie glücklich machen kann, so wird Ihnen Beiden mein Segen nicht fehlen, trotz des Widerspruchs Ihres Vaters, dessen Bedeuten ich übrigens von seinem Standpunkt aus begreife, zumal er Helene nicht kennt. Mehr kann ich Ihnen nicht sagen.«

»Also erlauben Sie, daß ich Fräulein Helene schreibe, was ich Ihnen gesagt habe?«

»Gewiß, und ich werde ihr ebenfalls schriftlich mittheilen, was ich Ihnen erwidert habe.«

»Ich danke Ihnen von ganzem Herzen! Wenn Sie erlauben, werde ich meinen Brief von hier aus datiren.«

»Thun Sie das; Sie können dann gleich den meinigen einlegen.«

Graf Bender zog sich in sein Zimmer zurück und fing an zu schreiben. Es wurde ihm einigermaßen schwer, das Tintenfaß zum Vermittler seiner Gefühle zu machen. Geschäftsbriefe und Depeschen sprangen ihm leicht aus der Feder, aber in Liebesbriefen hatte er noch keine Erfahrung. Zum Erstenmale klaffte vor ihm die tiefe und weite Kluft zwischen Empfindung und Ausdruck. Kein Weg schien ihm jetzt so lang zu sein, als der vom Herzen zur Hand. Es kam ihm vor, als wäre es leichter einen hochfliegenden Adler mit der Kugel zu treffen, als hochfliegende Gedanken und Empfindungen mit der Feder. Doch indem er durch solche Bilder und Gleichnisse zu veranschaulichen suchte, daß seine Worte nur Schatten seiner Gefühle seien, gab er dem Briefe eine Würze, welche lange Liebesergüsse immer schmackhafter macht als sie sonst zu sein pflegen. Der Amtmann war gerade zwei Stunden früher fertig geworden als sein Gast, der noch bis in die Nacht hinein geschrieben haben würde, wenn der Diener ihn nicht zum Thee abgerufen hätte.

Während die beiden Herren beim Thee saßen, saß Piper, das vielgeschäftige Factotum des Amtmanns, in der Wirthsstube »Zum Bären«, um bei einem Glase Grog die Meinungen der Gäste in Bezug auf die Vorgänge im Amtshause in eine andere Richtung zu bringen, als sie in den letzten Wochen genommen hatten. Er suchte den Pfahlbürgern klar zu machen, daß es im Schlosse keineswegs so schlimm stehe, wie sie glaubten; die Pferde seien nur verkauft worden, weil der Landesherr sie für seinen Marstall zu haben wünschte und weil man sie augenblicklich nicht brauche, da die Frau Amtmännin mit Fräulein Isabella zu längerem Aufenthalt nach der Residenz, und Fräulein Helene nach Paris gereist sei, um erst die große Welt ein wenig kennen zu lernen, ehe sie sich mit dem Grafen Bender vermähle, der so verliebt in sie sei, daß er lieber heute Hochzeit machen möchte, als morgen.

Piper's Worte blieben nicht ohne gute Wirkung, denn er erfreute sich, trotz seines verkommenen Aeußern, eines gewissen Ansehens in der Stadt, besonders bei den kleineren Leuten, die ihn als ein Orakel in juristischen Dingen betrachteten, da er mit lateinischen Brocken um sich warf, wie ein Studirter, und mit seinen guten Rathschlägen billiger war, als die Advokaten. Dazu schrieb er eine so schöne und saubere Hand, daß selbst der Amtmann immer seine wichtigsten Sachen seiner Feder anvertraute, obgleich Niemand begreifen konnte, wie Piper es anfing, seine schmutzigen Hände und immer von Fett glänzenden Aermel mit dem weißen Papier in Berührung zu bringen, ohne Flecken darauf zurückzulassen. Aber der Amtmann versorgte ihn mit grünen Schutz- oder Schreibärmeln, die er überziehen mußte, sobald er sich an den Tisch setzte; und von dem Schmutz der Hände war Nichts zu befürchten, denn der saß so fest an der Haut, daß er nicht davon abließ.

Uebrigens wäre Piper, seinen Mitteln nach, wohl im Stande gewesen sich reinlich zu kleiden und zu halten, allein eine gewisse geniale Sorglosigkeit hielt ihn davon ab, denn daß er ein Genie war, stand bei ihm so fest, wie bei den Bauern, für welche er Hochzeitsgedichte verfertigte, und von der Genialität war, nach seinem Dafürhalten, Vernachlässigung des äußeren Menschen so unzertrennlich, wie der Schmutz von seinen Händen, die nicht blos die Feder gewandt zu führen wußten, sondern ihm auch Kamm und Haarbürste ersetzten.

Das war der Piper, den wir schon früher flüchtig aus der aufgeregten Schilderung Isabellens kennen gelernt haben, die jetzt mit ihrer Mutter in der Residenz ein ganz vergnügtes Leben führte und sogar Aussicht auf eine glänzende Partie hatte, wie man einen bartlosen, in seinem Fett fast erstickenden jungen Mann nannte, der sehr reich sein sollte und Baron von Swedendorp hieß.

Graf Bender hatte nach seiner Rückkehr in die Residenz nicht verfehlt, den Damen seine Aufwartung zu machen und sie von dem Stande seiner Herzensangelegenheiten zu unterrichten, und die Frau Amtmännin glaubte ihm die Versicherung geben zu können, daß die Beantwortung seines Briefes völlig zu seiner Zufriedenheit ausfallen werde. Sie schrieb eilig selbst an Helene, um sie zu beschwören, ihr Glück nicht von der Hand zu weisen.

Helenens bald eintreffende Antwort auf Graf Benders Brief lautete im Wesentlichen wie folgt:

»Wie soll ich Ihnen meinen Dank ausdrücken für das rührende Vertrauen, womit Sie Ihr ganzes Herz vor mir enthüllen und Ihr Schicksal in meine Hand legen! Ach, lieber Herr Graf, Sie trauen dieser schwachen Hand zuviel zu! Wie glücklich würde ich sein, wenn ich alle die hohen Erwartungen erfüllen könnte, denen Sie in Ihrem Briefe Ausdruck geben, also vor Allem: wenn ich im Stande wäre, die aus Ihren Zeilen athmende Glut der Empfindung zu erwidern. Aber darf ich Gefühle heucheln, die ich nicht habe, nicht kenne, ja, nicht einmal verstehe? Nur soviel leuchtet mir ein, daß mein Gesang Ihnen sehr gefallen und mir Ihr Herz gewonnen hat. Dies zu hören und glauben zu können, hat mich nicht allein hoch erfreut, sondern Sie mir auch lieb gemacht und mein Selbstvertrauen erhöht. Wenn Ihnen aber mein Gesang schon in seinen ungeschulten Anfängen so sehr gefallen, um wieviel mehr wird er Ihnen später gefallen, wenn ihm erst die höhere Ausbildung geworden, zu welcher sich hier alte Mittel bieten. Diese zu erreichen ist der Zweck meines Aufenthalts in Paris. Erreich' ich dieses Ziel, so kann, was mich jetzt äußerlich von Ihnen entfernt, mich Ihnen innerlich nur näher führen. Gründe von der höchsten Bedeutung für mich, aber so delikater Natur, daß sie sich der Mittheilung entziehen, machen es mir zur Pflicht, mich vorläufig ganz frei zu erhalten, so daß ich erst nach Jahresfrist im Stande sein werde, Ihnen eine bestimmte Antwort auf Ihre mich so hochehrende Frage zu geben: ob ich mich entschließen könne, Ihnen für's Leben anzugehören. Jedenfalls kann ich Ihnen die Versicherung geben, daß Sie keinen Nebenbuhler in meiner Gunst zu fürchten haben und daß ich nie einem Manne angehören werde, wenn nicht Ihnen« u. s. w.

Graf Bender hatte sich eine andere Erwiderung auf seine glühenden Ergüsse erwartet; er fand den Brief Helenens sehr kühl und abgemessen, dazu den Schluß durchaus räthselhaft. Nur soviel wurde ihm klar, daß sie keine allzugroße Sehnsucht hatte, in seine Arme zu fliegen. Doch die Liebe sieht alles, was sie erstrebt, mit verschönernden Augen; je öfter er den Brief las, desto mehr fand er darin, und zuletzt wollt' es ihn sogar bedünken, als ob sich sehr Vieles zu seinen Gunsten zwischen den Zeilen lesen lasse. Nur die geheimnißvolle Stelle, in welcher Helene erklärte, sich erst nach Jahresfrist bestimmt entscheiden zu können, und die »Gründe von der höchsten Bedeutung«, welche sie dazu veranlaßten, konnte er sich nicht deuten. Warum verschwieg sie ihm diese Gründe? Warum erwidert sie sein unbeschränktes Vertrauen nicht, da er ihr doch sein Herz bis auf die letzte Falte enthüllt hatte? Er fand keine Antwort auf diese Fragen, soviel er sich auch den Kopf darüber zerbrach. Er wollte ihr noch einmal schreiben und sie um Aufklärung bitten, aber eine gewisse Scheu, vielleicht auch ein gewisser Stolz hielt ihn davon zurück. Er vermied Helenens Mutter so lange wie möglich, da es ihm peinlich war mit ihr über den Stand der Dinge zu sprechen; allein auf die Dauer ließ sich das doch nicht umgehen, und er sagte ihr, als er sie zuerst wieder sah, nur, Helene habe ihm geschrieben, daß sie nie einem andern Manne angehören werde als ihm, aber einstweilen sich doch ihre Freiheit noch ein wenig bewahren möchte. –

Heimlich war die Mutter ganz außer sich, daß Helene nicht gleich mit beiden Händen zugriff, aber dem Grafen gegenüber suchte sie ihr Kind zu entschuldigen mit den Worten: »Sie ist eine eigene Natur, ganz verschieden von den andern Mädchen. Denken Sie sich nur, daß sie sich steif und fest in den Kopf gesetzt hatte, gar nicht heirathen zu wollen, da es ihr nirgends besser gefiele als zu Haus!«

Kurze Zeit darauf fügte sich's, daß Graf Benders Vater in außerordentlicher Mission auf einige Tage nach der Residenz kam und seinen liebekranken Sohn in nicht besonders angenehmer Stimmung traf. Dieser glaubte, wenn der Vater seine Einwilligung gleich gegeben hätte, so würde sich die Verlobung rasch gemacht haben und Helene dann nicht nach Paris gegangen sein, so daß er ein glückliches Bräutigamsleben mit ihr hätte führen können, während er jetzt abwarten müsse was die ungewisse Zukunft bringen werde.

Der alte Graf kehrte, trotz seiner höfischen Formen, gern den rauhen Krieger heraus, wo es anging; er hatte in Gesicht und Haltung ein gewisses martialisches Gepräge und sah es gern, wenn man ihn auch im Frack gleich als ehemaligen Militair erkannte. Die Verhältnisse hatten ihm seine Carrière sehr erleichtert, ihn aber dadurch nicht bescheiden gemacht, sondern vielmehr sein herrschsüchtiges Wesen, ungebrochen durch Widerstand, sehr ausgebildet und befestigt. In seiner Familie duldete er durchaus keinen Widerspruch und war auch außerhalb der Familie von seiner unirrenden Weisheit so fest überzeugt, wie der alte Polonius. Wenn er zu Jemanden, der nicht auf der Höhe seines Ranges stand, mit schnarrender Stimme sagte: »Aber erlauben Sie, Verehrtester!« so hieß das nicht weniger als: »Wie kommen Sie nur zu der Kühnheit, über die Sache anderer Meinung zu sein, als ich?«

Nun hatte der verliebte Sohn auf den Brief des Vaters Einiges erwidert, was diesem nicht ganz mundgerecht war, da es zu wenig nach Unterwürfigkeit schmeckte. Er ließ dergleichen nie stillschweigend hingehen und berührte den kitzlichen Punkt jetzt in einer Weise, die den Sohn empfindlich verletzte. Es kam zu eingehenden Erörterungen, welche bald einen sehr gereizten Charakter annahmen, und zwar hauptsächlich durch die Schuld des Vaters, unter dessen obersthofmeisterlichem Firniß sich ein gutes Theil sittlicher Roheit barg, von welcher die Bemerkungen, die er sich jetzt über Helene erlaubte, starke Spuren trugen. Der junge Graf hatte nicht umhingekonnt zu gestehen, daß er an Helene geschrieben habe, und er zeigte dem Vater ihre Antwort gern, als besten Beweis, daß ihr der Ehrgeiz fern liege, sich in die gräfliche Familie einzudrängen.

»Aber lieber Otto,« sagte der alte Herr, nachdem er den Brief gelesen, mit seinem gewohnten Ausdruck unirrender Ueberlegenheit – »aber lieber Otto, bist Du denn noch ein solcher Neuling in dieser verderbten Welt, um die Gründe nicht zu begreifen, welche das Mädchen abhalten, dir gleich jetzt in die Arme zu fliegen? Sie wird wohl wissen, warum sie vor Jahresfrist nicht in die Heimath zurückkehren kann. »Gründe von der *höchsten* Bedeutung für mich«... sehr gut gesagt, wahrhaftig! Warum enthüllt sie Dir diese gewiß für sie höchst bedeutenden Gründe nicht? Doch wohl nur deshalb, weil sie sich nicht gut enthüllen lassen, wohingegen sie sehr leicht zu errathen sind. Dem alten Engländer mag's vielleicht passend sein, seinen schönen Schützling nach einem Jahre wieder loszuwerden; aber, wer weiß? vielleicht auch nicht; darum wird die Sache so in's Unbestimmte hinausgeschoben, aber vorläufig ein Jahr als Entscheidungsfrist festgestellt. Und einen studirten Sohn zu haben, der das nicht begreift! Das heißt denn doch für einen Diplomaten die Unschuld ein bischen zu weit treiben!«

Der Sohn sah den Vater mit einem Blicke an, der mehr sagte, als Worte zu sagen vermögen; allein der Obersthofmeister war nicht so leicht aus der Fassung zu bringen; gelassen fuhr er fort:»Mit mir ist nicht so leicht Komödie zu spielen; ich weiß nach dem Briefe jetzt genau, wie die Sache steht, und ich hoffe, Du wirst auch bald zu vernünftiger Einsicht gelangen.«

Damit verließ er das Zimmer, Graf Otto blieb wie zerschmettert zurück. Eine Kluft hatte sich zwischen ihm und seinem Vater aufgethan, die ihm unausfüllbar schien. Es bedurfte geraumer Zeit, ehe er sich soweit sammeln konnte, um an Helene zu schreiben und sie zu beschwören, ihm die rätselhaften Stellen ihres Briefes zu erklären, da für ihn Alles davon abhänge. Er wollte dem Vater zeigen, wie sehr dessen vermeintliche Klugheit ihn weitab vom Pfade der Wahrheit führe.

Aber der Brief blieb ohne Antwort; unglückliche Wochen der Erwartung verflossen, und der junge Mann, dem in der Aufregung jeder feste Halt fehlte, fing an irre an sich selbst, an Helene, an der ganzen Welt zu werden. Er hatte Gift getrunken, kein heilendes Gegenmittel gefunden, und das Gift fing allmählich an zu wirken. Er suchte Helenens Bild ganz aus seinem Herzen zu reißen, vermied allen Verkehr mit ihren Eltern, gab sich dagegen Zerstreuungen der großen Welt mit einem Eifer hin, wie nie zuvor, versäumte keine Gesellschaft, kein Concert, keine Theatervorstellung, ging spät zu Bett, stand spät auf, und so gelang es ihm, zwar nicht glücklich zu werden, aber doch die Zeit todtzuschlagen und ein Leben nach dem Wunsche des Vaters zu führen, der wieder ganz gemüthliche Briefe schrieb und den Sohn, nach Ablauf eines halben Jahres, wieder völlig am Gängelbande hatte.

Doch als der Frühling in's Freie lockte und die Gesellschaften immer seltener wurden, fühlte der junge Graf oft eine traurige Oede in seinem Herzen, obgleich er Helenens Bild doch nicht daraus zu bannen vermocht hatte. Aber was war sie ihm jetzt? Er suchte so gut es gehen wollte über die Erinnerungen an sie hinauszukommen; er war nicht mehr ganz aufrichtig gegen sich selbst. Den kurzen Urlaub, den ihm der Sommer brachte, wollte er zu einer Erholungsreise benutzen, mußte indeß erst einer Einladung seiner Eltern folgen, die ihn länger aufhielten, als ihm lieb war, da sie es darauf abgesehen hatten, ihn mit einer reichen Cousine zusammenzubringen, deren Ankunft sich von einem Tage zum andern verzögerte und endlich ganz unterblieb, weil die Aerzte ihr gerathen hatten, ihre Kur in Baden-Baden nicht zu unterbrechen. Der Vater rieth ihm nun, nach Baden-Baden zu gehen, was der Sohn auch zu thun versprach, allein es trieb ihn ein gewisses Verlangen, den Weg dahin über Paris zu nehmen. Er war doch begierig zu sehen, was aus Helene geworden sei, obgleich die Entscheidungsfrist, welche sie ihm bestimmt hatte, noch nicht ganz abgelaufen war. Allein er fand sie nicht, sondern erfuhr, daß sie mit der englischen Familie vor einer Woche abgereist sei.

»Also wieder zu spät gekommen, gerade wie im vergangenen Jahre!« murmelte er vor sich hin, als er wieder allein war; »es scheint, daß uns das Schicksal nicht für einander bestimmt hat.« Und ohne sich in Paris weiter aufzuhalten, reiste er nach Baden-Baden.

Viertes Kapitel.

Baroneß Ida, Graf Bender's Cousine, war eine sehr muntere kleine Dame, in deren Adern semitisches Blut, und in deren Börse semitisches Gold – Beides von väterlicher Seite – rollte. Obgleich ihr Vater einen beglaubigten Taufschein und ein theuer erstandenes Freiherrndiplom aufweisen konnte, wurde ihm doch der Eintritt in die gräflich Bender'sche Familie schwer gemacht, selbst dann noch, als er das Herz seiner Auserwählten schon gewonnen hatte. Recht gewürdigt wurde er von der angeheiratheten Verwandtschaft überhaupt erst nach seinem Tode; denn selbst der Obersthofmeister gestand nun, daß der Verstorbene ein wirklich einsichtsvoller Mann, dazu ein vortrefflicher Haushälter und Mehrer seiner Güter gewesen sei. Ida verlor ihren Vater als sie eben ihr fünfzehntes Lebensjahr zurückgelegt hatte, und sie war damals schon klug genug um zu begreifen, daß die plötzlich erwachende Zärtlichkeit des Onkels, der sich bis dahin blutwenig um sie bekümmert hatte, nicht einzig und allein christlicher oder gar verwandtschaftlicher Liebe entspringe. Allein er beharrte mit solcher Zähigkeit in der Ausführung seines Vorsatzes »sich des lieben verwaisten Kindes anzunehmen«, daß ihm auf die Dauer nicht zu widerstehen war. Trotzdem behauptete Ida ihm gegenüber immer eine gewisse Selbständigkeit, und da sie von Natur gewitzigter war als er, so brachte sie ihn mit all seiner äußern Würde und eingebildeten Unfehlbarkeit oft in's Gedränge durch ihre schlagfertigen Antworten. Kam er in's Schloß ihrer Mutter zum Besuch, so ließ man es an Aufmerksamkeiten gegen ihn nicht fehlen; lud er aber Ida zu seiner Familie ein, so that der kleine schlaue Goldkopf, als ob ihr nicht viel daran gelegen wäre, und der Onkel betrachtete es immer als einen diplomatischen Sieg, wenn es ihm gelang sie mit nach der Residenz zu bringen. Ganz sicher war nie auf sie zu zählen, und so schob sie auch jetzt ihre Kur in Baden-Baden, die nichts als eine Zerstreuungskur war, von einer Woche zur andern hinaus, um Seine mit wachsender Ungeduld sie erwartende Excellenz den Werth ihres Besuchs gehörig fühlen zu lassen.

Als nun der junge Graf von Paris aus zu ihr kam, empfing sie ihn lachend mit den Worten: »Ei, sieh da, mein lieber Otto! Du kommst mir gerade recht, obgleich ich gar nicht mehr auf Dich zählte. Hast

Du den Weg von acht Stunden glücklich in acht Wochen zurückgelegt?«

»Wie meinst Du das, liebe Ida?« fragte er verwundert.

»Nun vor acht Wochen . . . nein! jetzt besinn ich mich; es war erst vor acht Tagen . . . doch wer kann bei diesem zerstreuenden Leben auch Alles so genau behalten! – Also vor acht Tagen schrieb mir Dein Vater, daß Du's vor Sehnsucht nach mir nicht länger aushalten könntest und, ungeduldig über mein langes Zögern, zu Euch zu kommen, Dich auf den Weg zu mir gemacht hättest, wo Du wahrscheinlich schon zugleich mit seinem Briefe eintreffen würdest.«

»Ich habe wirklich um Entschuldigung zu bitten, liebe Ida; aber ich wußte nicht, daß mein Vater mich so Knall und Fall bei Dir angemeldet hatte, sonst würde ich ohne Umwege gekommen sein.«

»Du brauchst Dich gar nicht zu entschuldigen; denn Deine Umwege dienen Dir bei mir zur Empfehlung: sie sind der erfreulichste Zug, den ich bis jetzt an Dir entdeckt habe.«

»Wie meinst Du das?« fragte er einigermaßen verblüfft.

»Genau so wie ich es sage. Wärst Du zugleich mit dem Brief angekommen, so würd' ich gedacht haben: der Onkel hat den Brief zur Post gegeben und dieser ist richtig eingetroffen; der Onkel hat desgleichen seinen Herrn Sohn zur Post befördert, und dieser ist ebenfalls richtig eingetroffen, nicht wie ein gewöhnlicher Brief, sondern wie ein rekommandirtes Packet mit fünf Siegeln und Begleitschein.«

»Ich verstehe Dich immer noch nicht.«

»Und willst ein Diplomat sein? Kannst Du denn nicht begreifen, daß mir ein Mensch, der weiß was er will, lieber ist, als einer, der sich zur Sache herabwürdigen und wie ein Ball aus einer Hand in die andere werfen läßt?«

Der junge Graf fühlte sich verletzt, aber er wußte aus Erfahrung, daß er im Wortgefecht gegen seine Cousine nicht aufzukommen vermochte, und so begnügte er sich zu erwidern: »Du hast doch immer noch Deine lose Zunge!«

»Der Himmel erhalte sie mir!« entgegnete Ida: »Denn ich hasse alles von außen Gebundene, und von innen sitzt sie fest genug. Binde meine Zunge und Du bindest mich selbst; denn sie ist die

Erlöserin meiner Gedanken, die Offenbarerin meiner Gefühle, das Ausrufungszeichen meines Lebens. Ohne meine Zunge, oder mit gebundener Zunge, würde ich nur ein stummes Bild sein, oder eine Glocke ohne Klöppel, oder ein Clavier ohne Saiten ...

»Oder eine Aeolsharfe ohne Wind!« unterbrach er sie: »Du siehst ich fange an zu begreifen.«

»Doch nicht so ganz!« entgegnete sie, »denn Dein Gleichniß trifft nicht zu; aber wir wollen es für diesmal gelten lassen. Du gehörst, eben wie Dein Vater, zur schweren Cavallerie des Geistes und bist ans leichtes Geplänkel nicht eingeübt.«

»Da hast Du Recht,« sagte er, weil ihm im Augenblick nichts anderes einfiel.

»Natürlich!« erwiderte sie hellauflachend: »Die Frau soll noch geboren werden, die nicht immer Recht zu haben glaubte.«

Diese Wendung befreite ihn einigermaßen aus seiner verlegenen Stimmung und ermuthigte ihn zu fragen, was sie mit den fünf Siegeln gemeint habe auf dem Packet, womit sie ihn vorhin verglichen.

»Damit habe ich,« erwiderte sie, »die fünf Siegel gemeint, welche Dein Vater auf Deine fünf Sinne gedrückt hatte, um Dich zu verhindern nach eigenem Antrieb zu hören, zu sehen, zu riechen, zu schmecken und zu fühlen. Deine verspätete Ankunft hat mir zu meiner Freude gezeigt, daß die Siegel gelöst sind, darum können wir jetzt ein vernünftiges Wort mit einander sprechen. Du weißt, wir sollen nach der Absicht Deines Vaters eine Liebeskomödie zusammen spielen, und ich denke, es ist doch besser, wir thun dies mit offenen als mit verbundenen Augen. Seien wir also gehorsame Kinder und erfüllen wir die Wünsche Deines Vaters, welche mit denen meiner Mutter übereinstimmen, aber gehen wir nicht weiter in der Bezeigung unseres guten Willens, als Herz und Verstand damit Hand in Hand gehen; denn obwohl ich keine Neigung verspüre, eine alte Jungfer zu werden, so könnte ich mich doch eher dazu entschließen, als zu einer Verbindung mit widerstrebenden Gefühlen. Bis jetzt ist meine Herzenswärme für Dich noch nicht bis zum Siedepunkt der Leidenschaft gestiegen, und wenn Du mir gegenüber das Gleiche von Dir behaupten kannst – ich freue mich, zu sehen, daß Du zustimmend nickst – so können wir der Gefahr sorglos entgegengehen. Ueberwältigt sie uns, gut; überwältigt sie uns nicht, auch gut. Der erste Fall soll uns einigen, aber der zweite uns nicht entzweien; denn in jedem Falle bleiben wir gute Freunde. Bist Du damit einverstanden?«

»Durchaus! Dein Vorschlag ist so bündig, als ob er dem Haupte eines alten Weisen entsprungen wäre und nicht dem Schelmenköpfchen eines jungen Mädchens.«

»O ich bin gar nicht so jung mehr; ich habe die Lerchen schon zwanzigmal den Frühling begrüßen hören und die Verhältnisse haben meine Gedanken in Bezug auf Liebe vielleicht eher gereift als gut war. In Gedichten und Romanen hab' ich soviel gelesen, aber im Leben noch so wenig Schönes davon gesehen! Man heirathet einen Namen, ein Vermögen und stellt das übrige dem lieben Himmel anheim. Wer weiß, ob ich's nicht auch einmal so mache! Allein bis jetzt habe ich mich nicht dazu entschließen können. An Bewerbern hat mir's seit meinem sechzehnten Jahre nicht gefehlt, da ich aber nie wußte, ob sie mehr mich liebten oder mein künftiges Erbe, so bin ich frei geblieben und befinde mich ganz wohl dabei. Auch bei Dir, lieber Otto, gebe ich mich keiner Täuschung hin. Meine Mutter wünscht mich durch unsere Verbindung zu einer Gräfin Bender, und Dein Vater Dich zu einem reichen Manne zu machen. Das ist der Grund und Boden, dem die Blüthen unserer Liebe entsprießen sollen. Die Erde ist durch meinen Vorschlag hinlänglich gelockert; sehen wir nun, was daraus erwächst. Jedenfalls scheint es mir vernünftig zu sein, da der freie Verkehr, welchen unsere Verwandtschaft gestattet, uns mehr Gelegenheit bietet einander näher kennen zu lernen, als wenn wir uns ganz fremd gegenüberständen.«

Die menschenscheue Verstimmung, in welcher Graf Bender nach Baden-Baden gekommen war, wich bald dem belebenden Einflusse, welchen seine muntere Cousine auf ihn übte. Anfangs fühlte er sich wohl ein bischen gedrückt ihr gegenüber, da sie ihm entschieden in Mutterwitz und geistiger Beweglichkeit überlegen war; allein die Auszeichnung, mit welcher sie ihn vor Andern behandelte, hob ihn rasch wieder empor. Auch ließ sie ihn nur selten zu ernsterem Nachdenken kommen, denn er mußte die lebenslustige kleine Dame in die Concerte, in's Theater führen, auf Spaziergängen und auch häufig auf größeren Ausflügen zu Pferde oder zu Wagen begleiten, was er gern that, da er ein geschickter Reiter und Rosselenker war und sie ihm die Zeit angenehm durch ihre unerschöpfliche Unterhaltungsgabe zu vertreiben wußte, ohne ihre Ueberlegenheit je in verletzender Weise fühlbar zu machen. So vergingen ihm Wochen schneller, als sonst Tage, denn die wenigen Stunden, die er morgens für sich erübrigen konnte, reichten kaum aus zum Schreiben der dringenden Briefe, und er saß noch oft bis spät in die Nacht hinein über alten und neuen Büchern, um die Einfälle witziger Schriftsteller für die Unterhaltung des folgenden Tages zu verwerthen. Seine Cousine wirkte entschieden anregend auf ihn, während er ihr überaus bequem war; so kamen die Beiden vortrefflich mit einander aus, aber trotz ihres täglichen, langen Beisammenseins kam es zu eigentlichen Zärtlichkeiten zwischen ihnen nicht, obgleich sich Gelegenheit dazu oft genug bot. Wenn in einsamen Stunden das Bild Helenens vor ihm aufstieg, so konnte er nicht umhin, Vergleiche zwischen ihr und Ida zu ziehen. Diese war hübsch, lebhaft, liebenswürdig, und, trotz ihres prickelnden Witzes, im Grunde sehr gutmüthig; sie fesselte ihn so lange er in ihrer Nähe war, aber es fehlte ihr jener geheimnißvolle Zauber, der auch in der Ferne nachwirkt, das Herz mit süßen Schauern und den Kopf mit wonnigen Träumen durchzieht. Ida gab sich immer, ganz wie sie war, klar und bestimmt; ihre Worte waren der unzweideutige Ausdruck ihres Wesens; sie ließ nichts zu errathen übrig. Helene sagte ebenfalls nichts, was sie nicht fühlte oder dachte, aber sie fühlte und dachte mehr, als sie sagte. Sie war nicht so freigebig mit Worten wie Ida, aber von unendlich reicherem Gemüthsleben und nachhaltig wirkendem Reiz. Das fühlte Graf Bender nur zu tief, so oft er an sie dachte, aber er gab sich alle Mühe, immer seltener an sie zu denken, und Ida unterstützte ihn darin redlich, denn sie ließ ihn vor lauter Anstrengung selten zur Einkehr in sich selbst kommen.

Der alte Obersthofmeister war ganz glücklich über die Nachrichten, welche er von Ida's Mutter über den so lebhaften und freundlichen Verkehr der jungen Leute erhielt, und er beschloß, das Eisen zu schmieden, so lange es warm war. Er mußte mit seinem allergnädigsten Herrn auf ein paar Tage nach Baden-Baden, wo eine Zusammenkunft verschiedener hoher Häupter zu politischen Zwecken stattfinden sollte, und er hoffte, bei der Gelegenheit die Verlobung gleich in's Werk setzen zu können. Die jungen Leute waren, das nach mehreren Regentagen plötzlich wieder eingetretene schöne Wetter benutzend, gerade auf einem längeren Ausfluge begriffen, als er ankam. Er hatte sie überraschen wollen, und war nun selbst überrascht sie nicht zu finden, aber keineswegs unangenehm, denn er freute sich, sie beisammen zu wissen und hatte so viele Besuche zu machen, daß er ihre Rückkehr ohne Ungeduld abwarten konnte. Sie hatten versprochen zu Tisch wieder da zu sein und hielten auch Wort. Er konnte zwar ihr Mahl nicht theilen, da er bei seinem hohen Gebieter speisen mußte, kam aber doch auf einen Augenblick um sie zu begrüßen und Weiteres mit ihnen zu verabreden, vor allen, um ihnen an's Herz zu legen, ja das Concert im Kurhause nicht zu versäumen, wo sie eine ganz wunderbare Erscheinung sehen würden: eine junge italienische Sängerin, die er bei der Herzogin von Hamilton getroffen, welcher sie durch die Königin von England empfohlen sei. Er sprach so begeistert von ihr, daß Ida nicht umhin konnte zu sagen: »Lieber Onkel, Du bist ja ganz in Extase über Deine italienische Sängerin; so begeistert hab' ich Dich nie gesehen.«

»Ja,« erwiderte er, »sie ist auch geschaffen um zu begeistern; ganz was Apartes; ein wahres Wunder ihres Geschlechts.«

»Wie heißt denn dies Wunder des Geschlechts mit Namen?« fragte Ida.

»Das weiß ich wirklich nicht mehr genau zu sagen; es war so dem Klange nach wie Leonardi, oder Leopardi, oder dergleichen; nun wir werden's ja auf dem Zettel sehen!«

»Wenn sie Leopardi heißt, so ist sie wohl eine Verwandte des berühmten Dichters,« bemerkte Ida.

»Nein, das glaub' ich nicht; sie soll von guter Extraction sein.«

»Das wäre kein Hinderniß ihrer Verwandtschaft mit dem Dichter Leopardi, der einer alten gräflichen Familie angehört.«

»Was Du nicht alles weißt! Aber wie mir Se. Königl. Hoheit, Prinz Leopold, sagte, trägt sie als Sängerin nicht ihren wirklichen Namen. Daß sie übrigens von angeborenem Adel ist, sieht man auf den ersten Blick, nicht blos an ihren feingeschnittenen Händen und distinguirten Manieren, sondern an ihrer ganzen Haltung; dergleichen läßt sich nicht äußerlich anlernen. Sie ist noch sehr jung, ein Bild der reinsten Jungfräulichkeit und erst ganz kürzlich in die Oeffentlichkeit getreten, hat aber gleich solches Furore gemacht, daß der alte Rossini, den ich mit ihr bei der Herzogin von Hamilton traf, eigens von Paris herübergekommen ist um sie zu hören, wie er mir selbst sagte. Doch ich muß jetzt fort. Adieu! Kinder auf Wiedersehen im Concert.«

Der junge Graf hatte die Unterhaltung über die Sängerin mit angehört ohne äußerlich mit daran Theil zu nehmen. Er schien in seltsamer Erregung zu sein, sah sehr ernst, fast traurig aus und antwortete zerstreut auf die Fragen, welche Ida an ihn richtete, so daß sie nicht wußte, was sie aus ihm machen sollte. Doch blieb nicht Zeit zu langen Erörterungen, sie hatte noch allerlei mit ihrer Toilette zu thun, und er mußte vor dem Concert noch einmal nach Haus, um zu sehen was die Post gebracht.

Als die Beiden nach dem Curhause fuhren, hatte das Concert schon begonnen und der Saal war so gedrückt voll, daß sie die erste Abtheilung abwarten mußten, ehe sie zu ihren Plätzen gelangen konnten.

Die letzten Töne der Ouvertüre zum Barbier von Sevilla waren verrauscht, als geführt von einem ältlichen Herrn eine junge Dame vortrat, in welcher Graf Bender sofort seine ihm so lange entschwundene Helene erkannte, obgleich sie in einer Weise verändert erschien, daß ein minder scharf prüfendes Auge sie kaum wieder erkannt haben würde. Sie sah zugleich schlanker und voller aus als früher. Trotz der anmuthigen Fülle des hohen Halses, des prächtig gewölbten Nackens und der wohlgebauten Brust, hatte ihre ganze Erscheinung etwas Feenhaftes, Aetherisches, und all ihre Bewegungen zeigten edelgeschwungene Linien. Sie trug ein weißes, hinten lang herabwallendes Spitzenkleid mit blauen Schleifen, und eine blaue Schleife im offenen Haar. Man sah es ihr an, daß sie noch nicht an öffentliches Auftreten gewöhnt war; in ihrem Gesichte zeigte sich ein Anflug von jungfräulicher Schüchternheit, der aber ihren Reiz nur erhöhte und allmählich verschwand, als sie über ihren Gesang die lautlos horchende Menge vergaß. Sie sang die Cavatine aus dem Barbier: Una voce poco fa qui nel cor mirisuonô u. s. w. und als sie zu Ende war, scholl ihr ein Beifallssturm entgegen, der nicht enden zu wollen schien.

Nur Einer unter allen Zuhörern rief nicht Bravo und klatschte nicht in die Hände, obgleich er tiefer bewegt war als sie Alle. Aber seine Bewegung war aus Schmerz und Entzücken gemischt, und jener schien dieses zu unterdrücken. Als Graf Bender mit seiner Cousine in der Pause sich zu den reservirten Plätzen durchdrängte, wo Ida's Mutter mit ihrer Gesellschafterin schon lange auf die Beiden gewartet hatte, sah er todtenbleich aus und vermochte sich kaum auf den Beinen zu halten. Er war nicht im Stande das Concert zu Ende zu hören, entschuldigte sich bei den Damen sie wegen heftigen Unwohlseins verlassen zu müssen, und taumelte fast bewußtlos zum Saal hinaus. Draußen in der frischen Luft kam er wieder etwas zu sich, doch nur um sich noch unglücklicher zu fühlen als vorher, denn Helene schien ihm jetzt, wo sie ihm unerwartet so nahe gebracht war, ferner und unerreichbarer zu sein als je. Aus seinen wirr durcheinander stürmenden Gedanken und Gefühlen hob sich nur Eines mit Klarheit hervor: daß irgend ein entscheidender Entschluß gefaßt werden müsse um seinem unerträglichen Zustande ein Ende zu machen. Er kehrte in's Curhaus zurück, um eine kleine Erfrischung zu nehmen, und sich nach Helenens Wohnung zu erkundigen. Wie erstaunte er zu erfahren, daß sie in demselben Hotel abgestiegen war, wo er sein Quartier genommen, also gewissermaßen Wand an Wand mit ihm wohnte! – »Und von ihrer Nähe keine Ahnung gehabt zu haben!« sagte er sich mit der Hand auf die Stirn schlagend, als er wieder im Freien war. »Es ist unbegreiflich!«

Er eilte in sein Hotel und begann einen Brief an Helene zu schreiben; doch wie er den Kopf auch anstrengte und die Feder zwischen Daumen und Zeigefinger drehte: es wollte mit dem Schreiben nicht vorwärts: er war noch zu aufgeregt um Ordnung in seine Gedanken zu bringen und ihnen klaren Ausdruck geben zu können. Allein indem er so grübelte, verging die Zeit schneller als er dachte, und er war nicht wenig überrascht als plötzlich ein Diener mit einem Billet von Ida eintrat, um sich nach seinem Befinden zu erkundigen. Das Concert mußte also längst zu Ende sein. Er fertigte den Diener mit der Antwort ab, daß es etwas besser gehe, legte seinen angefangenen Brief bei Seite und schellte einem Kellner, dem er eine Karte an Helene gab mit der Bestellung, wann er die Ehre haben könne, ihr seine Aufwartung zu machen?

Der Kellner kam bald zurück mit der Antwort: »Der Herr Graf würde sehr willkommen sein.«

Er folgte dem Kellner, der ihm die Wohnung Helenen's zeigte, und trat mit hochklopfendem Herzen ein.

Doch bevor wir das Wiedersehen der Beiden schildern, müssen wir, um es recht zu verstehen, erst einen schnellen Rückblick auf die Erlebnisse werfen, welche Helene nach Baden-Baden geführt.

Fünftes Kapitel.

Ernstes Streben, ausdauernder Fleiß und die Gunst der Umstände hatten sich vereinigt, alle Hoffnungen und guten Vorsätze, mit welchen Helene nach Paris gegangen war, auf das Glänzendste zu erfüllen. Im Hause des englischen Gesandten, Sir Arthur W . . ., fühlte sie sich so glücklich, wie ein Kind fern von der Heimath nur sein kann. Sir Arthur übertrieb nicht, wenn er sagte, daß er sie wie seine eigene Tochter liebe, denn er hätte für diese, bei gleichen Bestrebungen, nicht mehr thun können, als er für Helene that, der zur Ausbildung ihrer reichen Anlagen Alles zu Gebote stand was Paris zu bieten vermochte. Die besten Meister waren ihre Lehrer und die beste Gesellschaft ihr Umgang; denn Sir Arthur, der auf reine Hausluft hielt und wußte, daß gute Beispiele besser wirken als gute Sprüche, war in seinen Einladungen sehr wählerisch. Bei seiner treuen Theilnahme an Allem was Helene betraf und bei seinen häufigen Ermahnungen, sich nicht zu überarbeiten, da sie die Kunst doch nur zum Vergnügen betreibe, konnte sie im Laufe der Zeit nicht wohl umhin ihn in's Vertrauen zu ziehen und von ihren eigentlichen Zwecken in Kenntniß zu setzen. Dies bewog ihn länger in Paris zu bleiben, als eigentlich seine Absicht gewesen war, und er ließ es sich nun doppelt angelegen sein, ihre Zwecke in jeder Weise zu fördern. Als er sie hinlänglich vorbereitet glaubte, ließ er sie in größeren musikalischen Soiréen bei sich singen und der Umstand, daß sie durch die Plaudereien eines begeisterten Feuilletonisten, der ihren Namen mit romanischem Ohre gehört, zum Erstenmale »als aufgehender Stern hellsten Glanzes am Himmel des Gesangs« unter dem Namen »Mademoiselle Leonardi« in die Zeitungen kam, ward Veranlassung, daß sie auf den Rath Sir Arthurs auch bei ihrem öffentlichen Auftreten diesen Kunstnamen beibehielt. Die Pariser Blätter waren ihres Ruhmes voll, und Sir Arthur sorgte dafür, einen langathmigen Wiederhall davon in London zu erwecken, wohin er nun mit ihr ging, um sie eine reiche Goldernte halten zu lassen. Sie wurde, bis in die höchsten Kreise hinauf, in einer Weise gefeiert, daß sie oft nicht wußte wo ihr der Kopf stand bei all den Huldigungen, aber glücklicher als das, machte es sie, ihren Vater jetzt von allen Geldsorgen erlösen zu können. Eine ansehnliche Sendung erhielt er schon von London aus, und da die Sehnsucht nach ihm sie trieb, auf ein paar Wochen in die Heimath zurückzukehren, so rieth ihr Sir Arthur, die Reise auf einträglichen Umwegen zu machen, wozu er sie mit allen möglichen Empfehlungsschreiben versorgte. Auch gab er ihr die mit guter Pension in Ruhe versetzte Gouvernante seiner Tochter als Gesellschafterin mit, und einen andern, sehr nützlichen und angenehmen Reisebegleiter fand sie in Mr. Glynn, einem weniger glänzenden als gediegenen Pianisten und vielseitig gebildeten Manne, der ihr accompagnirte und alles Geschäftliche für sie besorgte. Er hatte schon seit einer Reihe von Jahren in London eine gesicherte Stellung, benutzte aber gern seine Ferien, um mit der von ihm hochbewunderten Leonardi einen Ausflug nach Deutschland zu machen. So war das Reise-Kleeblatt über Paris zuerst nach Baden-Baden gekommen und hatte sich über Mangel an freundlicher Aufnahme nicht zu beklagen gehabt.

Als Graf Bender bei Helene eintrat, fand er sie mit Mademoiselle Renard, einer gesetzten Schweizerin, und Mr. Glynn, in dessen dunkle Haare sich schon graue mischten, beim Abendessen. Das ganze Zimmer duftete von den vielen Blumensträußen, welche überall umherlagen. Sie empfing ihn auf das Freundlichste, stellte ihn ihren Reisegefährten vor, lud ihn ein sich an ihre Seite zu setzen und bestellte beim Kellner noch ein Couvert. Doch er wollte weder essen noch trinken, sondern sich gegen Helene aussprechen, und dazu waren ihm zwei Personen zu viel im Zimmer. Diese mochten das aus seinem wenig entgegenkommenden Benehmen merken, und zogen sich bald nach beendigter Abendmahlzeit zurück.

Graf Bender schüttete nun Helenen sein ganzes Herz aus. Ihr Gesicht nahm einen immer ernsteren Ausdruck an, und als er zu Ende war, sagte sie: »Aber wie soll ich das reimen? Heute Morgen erfuhr ich im Salon der Herzogin von Hamilton, und zwar durch Ihren eigenen Vater, daß Sie schon so gut wie verlobt mit Ihrer Cousine seien.«

Er konnte unter ihrem scharf auf ihn gerichteten Blick einen Ausdruck peinlicher Verlegenheit nicht verbergen; doch bald faßte er sich wieder und suchte ihr zu erklären, wie sich Alles gleichsam von selbst so gemacht habe, daß er in nähere Beziehungen zu seiner Cousine getreten sei, ohne sich ihr gegenüber seiner Freiheit zu begeben.

»Sie müssen mich nicht mißverstehen, lieber Graf,« sagte sie; »auch ohne von dem Zwischenspiel mit Ihrer Cousine zu wissen, würde ich Ihnen gestanden haben, daß meine Gefühle für Sie genau dieselben geblieben sind, die sie bei unserm Abschiede waren; hätte ich mich sonst über die Nachricht von Ihrer Verlobung freuen und heute im Concert singen können? Ich freute mich, zu hören, daß Sie eine Herzens-Verbindung zu schließen im Begriff stehen, denn ich wünsche Ihnen von Herzen Glück und war oft selbst recht unglücklich darüber, Ihre Gefühle nicht mit gleicher Glut erwidern zu können. Ihren zweiten Brief ließ ich unbeantwortet, weil ich nicht mehr darauf zu sagen wußte, als auf den ersten. Auf der Reise in die Heimath dacht' ich Sie demnächst im Hause meines Vaters wiederzusehen und Alles mündlich zu erörtern. Der Zufall hat uns nun hier zusammengeführt und ich bin Ihnen die Beantwortung der Frage schuldig, warum ich mich erst nach Jahresfrist gegen Sie aussprechen konnte. Ein finanzielles Mißgeschick, das meinen Vater getroffen und ihn gezwungen hatte, einen Theil seiner Bequemlichkeiten zu opfern, trieb mich zu dem ernsten Versuch, mein Talent durch höhere Ausbildung zu einer Quelle ehrenvollen Erwerbs zu machen. Wäre der Versuch mißglückt, so würde ich mein Schicksal in ihre Hand gelegt haben: da er aber über altes Erwarten glücklich ausgefallen ist und der Kunst mein ganzes Herz gewonnen hat: was könnte ich Ihnen noch sein?«

»Alles!« rief er tiefbewegt: »Ich kann nicht ohne Sie leben, und ich weiß, daß meine Liebe zu Ihnen im Stande sein wird, auch in Ihnen Liebe für mich zu erwecken. Die Zustimmung Ihrer Eltern hab' ich im Voraus, und die Zustimmung meines Vaters wird nicht fehlen nach der Begeisterung, mit welcher er mir von Ihnen gesprochen; also sagen Sie nicht nein, wenn Sie mich nicht ganz unglücklich machen wollen!«

Er bat so flehentlich, vor ihr niederknieend und ihre Hand, die sie ihm nicht mehr entzog, mit glühenden Küssen bedeckend, daß Thränen des Mitleids ihre Wangen feuchteten und sie mit bewegter Stimme sagte: »Ich will Sie nicht unglücklich machen.«

»So lassen Sie uns gleich hier die Verlobung feiern!«

»Das kann nur im Hause meiner Eltern geschehen und nur mit ausdrücklicher Einwilligung Ihres Vaters. Bitte, verlassen Sie mich jetzt; ich bin zu aufgeregt, um mehr sprechen zu können.«

* * *

Der junge Graf hielt es für klug, ehe er seinem Vater von der Sache redete, Ida in's Vertrauen zu ziehen und mit ihr Alles in's Reine zu bringen. Er fand sich am nächsten Morgen zu gewohnter früher Stunde bei ihr ein, um sie zu einem Spaziergange durch die Anlagen abzuholen, und sie hörte seine Bekenntnisse ruhiger an, als er geglaubt hatte. »Wir haben,« sagte sie, »keine Leidenschaft für einander gefühlt und wohlgethan, uns auch keine vorzuheucheln. Unsere Verbindung würde, wenn sie zu Stande gekommen wäre, eine reine Vernunftheirath geworden sein, und zu einer solchen wird sich für mich auch wohl noch eine andere Gelegenheit finden. Daß Du Helene liebst, begreife ich vollkommen, denn ich liebe sie auch; sie ist ganz dazu geschaffen, Begeisterung zu erwecken. Aber ob Du der rechte Mann für sie bist, ist eine andere Frage, die sie nur selbst beantworten kann. Bist Du überzeugt mit ihr glücklich werden und sie glücklich machen zu können, so soll es an meiner Mitwirkung zur Begründung Eures Glücks nicht fehlen. Die Zustimmung Deines Vaters wird, wie ich ihn kenne, nur durch Ueberraschung zu gewinnen sein, denn so begeistert er für die schöne Sängerin ist, so wird ihm doch der Name Bender, selbst aus der rauhesten Kehle hervorgeschnarrt, klangvoller erscheinen als ihre Stimme, wenn es sich darum handelt sie unter ihrem ehrlichen deutschen Namen in seine Familie aufzunehmen.«

»Da kommt sie selbst, mit ihrer Gesellschafterin,« rief Graf Bender; »gehen wir ihr entgegen; Du mußt sie kennen lernen.«

Die Freundlichkeit, mit welcher Helene Graf Bender's Begrüßung erwiderte und sich, nach geschehener Vorstellung, mit seiner Cousine unterhielt, hatte einen ernsten Hintergrund; sie sah keineswegs aus, wie eine von Glück strahlende Braut. Ida fühlte sich mächtig zu ihr hingezogen und, um ungestört mit ihr plaudern zu können, gab sie dem Grafen einen Wink mit Mademoiselle Renard voranzugehen, während sie mit Helene in einiger Entfernung folgte. Das offene, natürliche Wesen der kleinen, munteren Dame sprach Helene sehr an und die Beiden standen bald auf dem besten Fuße miteinander. Graf Bender that indessen auch sein Möglichstes, sich bei Mademoiselle Renard in Gunst zu setzen, um an ihr eine gute Fürsprecherin bei Helene zu gewinnen. So mochten die zwei Paare wohl schon eine Stunde lang auf und ab spaziert sein, als sich noch der Obersthofmeister mit Ida's Mutter zu ihnen gesellte. Er begrüßte Helene mit großer Ehrerbietung, sagte ihr, mit welcher Begeisterung die höchsten Herrschaften noch gestern Abend beim Souper von ihrem Gesange gesprochen und fragte sie, ob sie sich nicht noch einmal hören lassen werde. Sie erwiderte, ihre nahe bevorstehende Abreise mache ihr das unmöglich, was Alle mit lebhaften Ausdrücken des Bedauerns vernahmen. Ida flüsterte ihrer Mutter etwas in's Ohr und diese fragte Helene, ob sie ihr nicht die Freude machen wolle, um drei Uhr ein bescheidenes Diner bei ihr einzunehmen. Ida vereinte ihre Bitten mit denen ihrer Mutter, bis Helene zusagte.

»Das ist ein prächtiger Einfall!« rief der Obersthofmeister: »ich hoffe, ich werde auch eingeladen, ich bin heute frei.«

Er begleitete Helene nach dem Hotel und bat sich die Ehre aus, sie zum Diner abholen zu dürfen.

So ließ sich für den jungen Grafen Alles auf das Beste an. Ida setzte ihre Mutter von dem Stand der Dinge in Kenntniß, und diese wurde von ihr dermaßen beherrscht, daß sie bald auf ihre Pläne einging.

Beim Diner erhielt Helene ihren Platz zwischen Vater und Sohn, wurde aber mehr von jenem, als von diesem in Anspruch genommen, der zufrieden war an ihrer Seite zu sitzen und seinen Vater so unter ihrem Zauber zu sehen, daß der alte Herr für gar nichts Anderes Auge und Ohr zu haben schien. Die Unterhaltung stockte keinen Augenblick; Ida ließ es an munteren Zwischenbemerkungen nicht fehlen und Alles befand sich in der behaglichsten Stimmung. Der Obersthofmeister wurde nicht müde Helenen zu wiederholen, was sein hoher Gebieter ihm Schönes über ihren Gesang gesagt und wie oft er den Wunsch ausgedrückt, sie bald in seiner Residenz zu sehen.

Sie nahm Alles, was er sagte, so freundlich auf, daß er ganz sentimental wurde und behauptete, sich in den Gedanken ihrer baldigen Abreise gar nicht finden zu können. »Welch' ein Glück müßte es sein,« sagte er, »immer in Ihrer Nähe weilen zu können!«

»Diesen geistvollen Gedanken hat Otto auch schon gehabt, wie er mir heute Morgen anvertraute,« fiel Ida ein, »und ich gestehe, daß mein Denken die gleiche Richtung nimmt. Ich kann es ihm daher auch nicht übel nehmen, daß er mich seiner holden Nachbarin opfert. Denk' Dir nur, er hat ihr schon gestern, gleich nach dem Concert, eine glühende Liebeserklärung gemacht.«

»Und Du bist nicht eifersüchtig geworden?« fragte der alte Herr, die Sache für einen Scherz nehmend.

»Durchaus nicht; ich habe mir nie eingebildet, ihn auf die Dauer fesseln zu können. Ich bin daher die Erste, die darauf trinkt, daß diese Beiden ein glückliches Paar werden, und so stoß mit uns an, lieber Onkel!«

Der Obersthofmeister wußte nicht wie ihm geschah; doch es blieb ihm nichts übrig, als mit anzustoßen und gute Miene zum bösen Spiele zu machen. Er erlaubte sich sogar einen väterlichen Kuß auf Helenens Stirne und nahm, als er fort mußte, mit einer Zärtlichkeit Abschied von ihr, als ob er der glücklichste Mensch unter der Sonne geworden sei, durch die ihm beim Champagner bereitete Ueberraschung.

Der Rückschlag ließ freilich nicht lange auf sich warten, und bei der Ernüchterung, welche nach Helenens Abreise eintrat, kam es noch zu heftigen Auftritten zwischen Vater und Sohn. Dieser aber zeigte sich so unbeugsam und fand in Ida eine so energische Bundesgenossin, daß dem Vater nichts Anderes übrigblieb, als nachzugeben.

Die wirkliche Verlobung in Helenens väterlichem Hause fand nach vierzehn Tagen statt, und schon drei Monate später wurde die Hochzeit gefeiert, hauptsächlich auf Graf Otto's Drängen, welcher Grund hatte zu fürchten, daß sein Vater, beredet durch andere nahe Verwandte, die mit der neuen Verbindung nicht zufrieden waren, ihm bei längerem Zögern wieder einen Querstrich durch seine Pläne machen werde. Im Grunde genommen war auch Sir Arthur, Helenens väterlicher Freund, von ihrer Verbindung mit Graf Otto nicht sonderlich erbaut, aber aus ganz anderen Gründen als die

Bender'sche Familie; er glaubte, daß Graf Otto nicht der rechte Mann für Helene sei. Doch ließ er sich's nicht nehmen, mit seiner Tochter Mary von England zur Hochzeit herüberzukommen; und er brachte sinnig ausgewählte Geschenke mit, die auch an Werth alle andern übertrafen. Von der Bender'schen Familie kam nur der alte Obersthofmeister mit seinem ältesten Sohne, den Helene erst bei dieser Gelegenheit kennen lernte, und Baroneß Ida mit ihrer Mutter. Graf Otto's älterer Bruder hatte es, obgleich er erst ein angehender Dreißiger war, als Adjutant eines kleinen Fürsten schon bis zum Range eines Oberstlieutenants und zu vielen Orden gebracht, auch früh eine sehr vorteilhafte Verbindung geschlossen mit einer jungen Dame von mütterlicherseits dunkler, aber väterlicherseits fürstlicher Herkunft, so daß er durch sie eine große Rolle an dem kleinen Hofe spielte und den Ausdruck seiner persönlichen Wichtigkeit nirgends verleugnen konnte. Was ihm die Natur an Stattlichkeit der Erscheinung versagt hatte, suchte er durch vornehme Haltung zu ersetzen, die in etwas gestreckter und gespreizter Weise zum Vorschein kam. Er sah aus, als ob er mit Sporen, Epauletten und Orden auf die Welt gekommen wäre. Auf Helenens Mutter und Isabella machte er einen bedeutenden Eindruck; weniger gefiel er Helenen, und noch weniger dem in seiner schlichten Natürlichkeit wirklich vornehm aussehenden Sir Arthur, der ihn mit sehr kühler Höflichkeit behandelte. Ein etwas freundlicheres Verhältniß gestaltete sich zu dem Obersthofmeister, obgleich auch dieser kein Mann nach Sir Arthur's Herzen war. Einige kleine Verstimmungen wurden rasch wieder ausgeglichen durch Helenens Gesang, der Alles bezauberte, und außerdem trug die belebende Unterhaltung der immer muntern Baroneß Ida viel dazu bei, die Gesellschaft in guter Laune zu erhalten.

Ida war von vorneherein der Gegenstand besonderer Aufmerksamkeit von Sir Arthur's Nachfolger, einem noch ziemlich jungen, aber schon weitgereisten und vielerfahrenen Manne geworden, der auch ihr gar nicht übel zu gefallen schien. Die Beiden verständigten sich auf einem längeren Spaziergange durch den Park so gut, daß Ida auf die Neckereien des Obersthofmeisters, der seine Spürnase überall hatte, gelassen erwidern konnte: »Du hast Recht, lieber Onkel, ich bin schon so gut wie verlobt.«

Der alte Herr that, als ob er sich sehr darüber freute, aber im Grunde war's ihm doch ein trüber Gedanke, daß Ida's großes Erbgut nicht bei der Bender'schen Familie bleiben sollte.

Im Uebrigen rauschte die Hochzeit zu allseitiger Befriedigung vorüber und das junge Paar reiste ab, um seine Flitterwochen in Italien zu verleben. Von diesem denkwürdigen Tage an hieß die Neuvermählte in der kleinen Stadt, für welche das glänzende Fest kein kleines Ereigniß gewesen war, »Gräfin Helene«, und die ganze Stadt that sich nicht wenig darauf zugute, daß eine lebendige Gräfin aus ihrem bürgerlichen Schooße hervorgegangen war.

Damit wäre nach herkömmlichem romanhaften und novellistischen Brauche die Geschichte nun eigentlich zu Ende; denn was bleibt noch zu erzählen übrig, wenn die Dialektik des Herzens und die Weihe des Priesters das Ich und Du in eine höhere Einheit aufgelöst haben? Allein Helene war keine gewöhnliche Romanheldin, wie diejenigen, von denen Alles gesagt ist, wenn man sie glücklich unter die Haube gebracht hat, und wir möchten daher die Geduld der Leser noch für ein besonderes Schlußkapitel in Anspruch nehmen.

Sechstes Kapitel.

Wir überspringen einen Zeitraum von drei Jahren, innerhalb welcher das Schicksal unsere drei Heldinnen nach drei verschiedenen Richtungen versprengt hatte, um sie dann bei einer traurigen Veranlassung wieder auf ein Kurzes zusammenzuführen.

Isabella war nicht allein glücklich – wie man so zu sagen pflegt – mit ihrem dicken Baron von Swedendorp verheirathet, sondern auch bereits Mutter eines Knäbleins, das ganz nach dem Vater arten zu wollen schien, und lebte mit diesem – der nur nach der Hauptstadt gekommen war, um sich eine Frau zu suchen – aus einem entfernten Gute, wo ihre Mutter die Sommermonate bei ihr zubrachte.

Ida machte als sehr lebenslustige Gemahlin des englischen Gesandten ein großes Haus in der Residenz, war der Liebling des Hofes und der ganzen Gesellschaft und auch bereits Mutter eines allerliebsten Töchterleins mit goldigen Haaren.

Helene hatte nach der Rückkehr von der Hochzeitsreise mit ihrem Gatten nur noch anderthalb Jahr in der Residenz gelebt, nach welcher Zeit Graf Bender in den Hofdienst seines Landesherrn als Geheimer Cabinetsrath berufen wurde.

Die traurige Veranlassung, welche die drei jungen Frauen nun gerade drei Jahre nach Helenens Hochzeit im Amtsschlosse wieder zusammenführte, war der Tod der Frau Amtmännin, welche ein bösartiges Scharlachfieber dahingerafft hatte. Die beiden Töchter wollten ihrer Mutter die letzte Ehre erweisen, und Ida war gekommen, um die von ihr schwärmerisch geliebte Helene einmal wiederzusehen und sie über allerlei Dinge auszufragen, die sich brieflich nicht gut mittheilen ließen.

Helenens eheliches Glück ließ nämlich, wie Ida wußte, viel zu wünschen übrig, obgleich sie sich in Nichts geändert hatte, als im Ausdruck ihres Gesichts, der viel ernster geworden war, eben in Folge der unerfreulichen Verhältnisse, in welchen sie lebte.

Anfangs war Alles gut gegangen: Graf Bender schien überglücklich, die von ihm so leidenschaftlich Umworbene endlich sein nen-

nen zu können, und die Hochzeitsreise in Italien bot des Anregenden und Zerstreuenden soviel, daß das junge Paar kaum zum Nachdenken über sich selbst kam. Hin und wieder schien es Helenen freilich, als ob ihr Gemahl große Anlagen zur Eifersucht habe. Allein sie nahm die Sache von der scherzhaften Seite und er ließ sich das bei dem häufigen Wechsel der Scene auch gefallen. War er doch immer in ihrer Nähe und Zeuge der huldigenden Aufmerksamkeiten, welche man der schönen und harmlosen Frau überall erwies.

Aber nach der Rückkehr in die Residenz gestalteten sich die Dinge anders. Gab es auch zu jener friedlichen, längst vergangenen Zeit, in welcher unsere Geschichte spielt, bei den kleinstaatlichen Gesandtschaften nicht viel zu thun, so mußte er doch immer einige Stunden täglich auf dem Büreau zubringen und blieb zuweilen sogar den halben Tag fort, so daß seine Gemahlin häufig allein war und sich dann, nach Erledigung ihrer häuslichen Angelegenheiten, am liebsten mit Singen oder Lesen die Zeit vertrieb. Musik und Gesang waren ihr zum Lebensbedürfniß geworden und sie setzte ihre in Paris begonnenen Studien eifrig fort, zumal ihr kein lebender Ehesegen beschieden war. Ihr Gemahl aber, einst so begeistert von ihrer Stimme, schien im Laufe der Zeit an ihrem Gesange immer weniger Gefallen zu finden; besonders wenn sie in Gesellschaften sang, erweckte der Beifall, der ihr gespendet wurde, in ihm nur Unmuth. Als sie das bemerkte und ihn nach der Ursache seiner Verstimmung fragte, erwiderte er ziemlich barsch: »Laß die Leute in die Concerte gehen, wenn sie singen hören wollen; ich finde es nicht passend, daß Du Dich immer dazu hergiebst, ihnen was vorzusingen.«

»Wenn Du es wünschest, werde ich künftig nur in meinem Zimmer singen,« antwortete sie, und da er nicht wieder einlenkte, so zog sie sich eine Zeit lang ganz von den Gesellschaften zurück. Doch auch damit war er nicht zufrieden; er hielt ihr die Pflichten ihrer Stellung vor und quälte sie so lange bis sie sich entschloß wieder auszugehen. »Aber was soll ich denn sagen, wenn man mich anfordert zu singen?« fragte sie.

»Schütz' Kopfweh, oder Halsweh, oder dergleichen vor!«

»Mit Kopf- oder Halsweh geht eine vernünftige Frau nicht in Gesellschaft, und den Leuten die Unwahrheit zu sagen kann unmöglich zu meinen ehelichen Pflichten gehören.«

»So sag' was Du willst, um Dich nicht immer zur gehorsamen Dienerin Anderer zu machen.«

Unter dem Eindruck dieser Belehrung, der kein versöhnendes Wort gefolgt war, kam Helene etwas verstimmt in die nächste Gesellschaft, und sie sagte nur die Wahrheit, als sie alle Bitten, sich hören zu lassen, mit den Worten ablehnte: »Ich bin heut wirklich nicht aufgelegt zum Singen!«

Ein paar Tage später war eine große Gesellschaft bei Ida, welche sie gleich mit den Worten empfing: »Aber heute, liebes Herz, *mußt* Du aufgelegt sein zum Singen; ich lasse mich nicht abweisen: Liszt ist hier und wird Dich begleiten.«

»Es geht nicht,« erwiderte Helene kopfschüttelnd.

»Warum sollt' es nicht gehen?«

»Otto wünscht nicht, daß ich in Gesellschaft singe, und als gehorsame Frau muß ich mich fügen.«

»Otto ist nicht recht bei Trost, und ich müßte dasselbe von Dir sagen, wenn Du Dich so von ihm tyrannisiren ließest. Du verdirbst ihn nur noch mehr durch Deine Nachgiebigkeit; ich kenne ihn besser als Du, und habe schon öfter bemerkt, welche eifersüchtige Blicke er auf Jeden schießt, der mit Dir eine Unterhaltung führt, die über gewöhnliche Phrasen hinausgeht.«

Helene erwiderte nichts, mußte aber ihrer Freundin innerlich Recht geben, welche nun den Grafen Bender dermaßen in's Gebet nahm, daß er seine Frau ganz kleinmüthig bat: ihm den Gefallen zu thun, an diesem Abend zu singen. Sie sagte, sie sei nicht aufgelegt dazu, und sie war es in der That nicht; sie wurde es aber, als Liszt, auf Ida's Bitten, anfing zu spielen. Die Gewalt seiner Töne riß sie mit sich fort, und sie sang dann auch in einer Weise, daß der Meister selbst davon bezaubert war und ihr seine Bewunderung in begeisterten Worten ausdrückte.

Alles war entzückt, nur Graf Bender nicht, der mürrischer als je mit seiner Frau nach Hause zurückkehrte. Er fand, daß sie sich viel zu eifrig mit Liszt unterhalten habe, der »das Verderben aller Frauen sei.«

»Nun, mich hat er bis jetzt nicht verdorben,« erwiderte sie, »und wird mich auch nicht verderben, aber ich mache Dir gar kein Hehl daraus, daß ich mich gern noch länger mit ihm unterhalten hätte, da ich gefunden habe, daß er nicht nur ein großer Künstler, sondern auch ein geistvoller Mann ist. Wenn Du aber wünschest, daß ich mich nicht mit Männern von besonderer Begabung unterhalten soll, so führe mich nicht in Gesellschaften, wo ich solche finde.«

»Es scheint, daß ich Dich mehr für Andere, als für mich geheiratet habe, denn ich habe am wenigsten von Dir,« entgegnete er mit seiner unangenehm scharfen Stimme.

»Weil Dir am wenigsten daran gelegen ist! Alles was Dir früher an mir anziehend erschien, erscheint Dir jetzt abstoßend, und ich begreife überhaupt nicht, warum Du mich eigentlich geheirathet hast.«

»Um eine Frau zu haben, bei der ich Glück zu finden hoffte.«

»Ich habe Alles gethan, was in meinen Kräften stand, um Dich glücklich zu machen, aber ich sehe jetzt, daß es unmöglich ist, weil Du selbst nicht weißt, was Du willst. Mir sagte immer eine innere Stimme, daß Du nicht der rechte Mann für mich seist, und ich habe Dir nie Liebe vorgeheuchelt, Dir nie aus meinen wahren Empfindungen ein Hehl gemacht, Nichts unterlassen um Dir von einer Verbindung abzurathen, zu welcher mein Herz mich nicht trieb. Meine einzige Schuld ist, daß ich mich durch Dein stürmisches Drängen und das Zureden meiner Mutter doch endlich habe bewegen lassen, Dir meine Hand zu reichen. Ich muß schwer dafür büßen, denn von dem Glücke, das nach Deinen Versicherungen der Hochzeit folgen sollte, habe ich noch nichts gemerkt und Dein Betragen war nicht dazu angethan Liebe in mir zu erwecken. Ich bin geblieben, wie Du mich kennen gelernt, aber Du hast Dich in mir unbegreiflicher Weise verändert: an die Stelle Deiner schwärmerischen Hingebung, Deiner glühenden Liebesbetheuerungen sind die kleinlichsten Nergeleien getreten, die zu Nichts dienen können, als mir das Leben zu verbittern. Ich sage Dir das offen heraus, um Dir darzuthun, daß, wenn es Dir Freude macht, mich auch ferner in so unwürdiger, ganz unmännlicher Weise zu quälen, ich nicht gesonnen bin, mir das länger gefallen zu lassen. Du sollst wissen, daß ich als Gräfin Bender Deine Frau bin, nicht aber Deine Sklavin.«

Sie sagte dies so hochaufgerichtet und ihn leuchtenden Auges dabei ansehend, daß er neben der prächtigen Gestalt eine traurige Figur machte und unwillkürlich die Augen niederschlug. Erst nach einer Pause erwiderte er: »Ich hätte nicht gedacht, daß der Name einer Gräfin Bender ein so geringer Ersatz für Deine geopferte Freiheit wäre.«

Sie maß ihn vom Scheitel bis zur Sohle mit den Augen und verließ schweigend das Zimmer.

Trotz solcher Scenen war, durch Ida's Einfluß, die immer wieder ein wenigstens äußerlich gutes Einvernehmen herzustellen wußte, das Leben für Helene in der Residenz noch erträglicher, als es später werden sollte. Sie hatte einen festen Rückhalt an Ida, war in der Nahe einiger ihrer Verwandten, dazu bei Hof gern gesehen und überhaupt in der Gesellschaft sehr beliebt. Niemand, außer Ida, wußte von ihren häuslichen Erlebnissen, aber Jedermann fand, daß Graf Bender neben ihr eine seltsame Rolle spiele. Ja, seine mißtrauische Unruhe, seine feierliche Wichtigkeit in unbedeutenden Dingen und sein immer zugeknöpftes Wesen machten ihn sogar in den Augen Vieler zu einer komischen Figur, um so komischer, je ernster er aussah.

»Du hältst Dich für einen wahren Mustermenschen,« sagte Ida einmal zu ihm, »weil Du nicht spielst, nicht trinkst, nicht rauchst, nicht lachst; aber damit ist doch noch Nichts gethan, sondern nur allerlei unterlassen. Wenigstens einmal im Jahre muß der bewegliche Mensch ausschlagen: thun das doch selbst die festwurzelnden Bäume.«

Von Ida ließ er sich dergleichen, wenn auch ungern, gefallen, aber gegen Andere zeigte er sich äußerst empfindlich. So konnte er selbst Helenen den ihr in großer Erregung entschlüpften Ausdruck, daß sie sein Benehmen gegen sie unmännlich finde, nicht vergessen. Nun wurde ihm einmal hinterbracht, daß ein witziger Herr, dem er schon deshalb gram war, weil Helene seine Unterhaltung angenehm fand, von ihm gesagt habe: er sei nur der Schatten seiner strahlenden Frau. Er stellte seinen vermeintlichen Gegner zur Rede, der sich gar nicht erinnerte den Ausdruck gebraucht haben; aber da ihn Graf Bender feiger Ausrede zieh, kam es zu einem Duell, wobei Graf Bender seinen Gegner fehlte und dieser seine Pistole in die Luft abfeuerte, so daß alles unschädlich vorüberging. Aber die Sache war Helenen verrathen worden und der Gedanke, daß um ihretwillen ein Menschenleben könne geopfert werden, versetzte sie in die peinvollste Aufregung, die dann schnell in lebhafte Freudenausbrüche umschlug, als sie ihren Gatten heimkehren sah und von ihm erfuhr, daß kein Blut geflossen sei. Sie überhäufte ihn mit den zärtlichsten Vorwürfen und er ließ es sich gern gefallen, die Sache von ihr so gedeutet zu hören, als ob er sein Leben für *sie* auf's Spiel gesetzt habe, während es sich doch nur um seine eigene Person gehandelt hatte.

Das Ereigniß brachte eine günstige Wendung in das Verhältniß der Beiden, die nun ein halbes Jahr lang in so gutem Einvernehmen lebten, als es bei der Verschiedenheit ihrer Charaktere und Neigungen nur irgend möglich war. Aber als dann die Berufung Graf Benders an seinen heimischen Hof erfolgte, gestalteten sich die Dinge bald wieder anders. Der Obersthofmeister und ein paar alte knöcherige Tanten benahmen sich so hofmeisterlich und vornehm protegirend gegen Helene, und mischten sich so viel in ihre häuslichen Angelegenheiten, daß es ihr auf die Dauer unerträglich wurde. Man zwang sie in einen steifen, in seiner trostlosen Oede sich täglich wiederholenden Familienverkehr hinein, der ihr nichts brachte, als Langeweile und Zeitverlust, so daß sie nach wenigen Wochen schon bei dem bloßen Gedanken gähnte, nun wieder den Nachmittag oder den Abend in solcher Gesellschaft zubringen zu müssen. Die Tanten überhäuften sie immer mit guten Rathschlägen, wovon einer dem andern widersprach, und musterten soviel an ihr herum, daß sie oft irre an sich selbst wurde. Der Obersthofmeister zeigte sich gern in seiner Würde als Familienhaupt und steifte sich jetzt so darin, als ob er Alles dadurch vergessen machen wollte, was er früher Schmeichelhaftes zu oder über Helene gesagt, als er sie noch für eine Italienerin von hoher Abkunft gehalten. Dazu kam, daß am Hofe noch die alte strenge Etikette herrschte, welche unebenbürtigen Frauen den Zutritt zur Tafel und zu Soiréen nicht gestattete, auch wenn sie noch so hoch hinaus verheiratet waren. Nun hätte man zu Gunsten Helenens, die den höchsten Herrschaften ausnehmend gefiel, gern eine Ausnahme gemacht, wenn sie nicht Sängerin gewesen wäre.

Diesen Makel zu tilgen fand selbst der Obersthofmeister keinen Rath, denn so peinlich es ihm auch war, die Gemahlin seines Sohnes von den Hofgesellschaften ausschließen zu müssen, so fühlte er sich doch entschieden mehr als Obersthofmeister, denn als Schwiegervater. Sängerinnen konnten bei Hofe zugelassen werden, um sich einer Audienz zu erfreuen, oder zu singen, aber nicht als mitzählende Glieder der bessern Gesellschaft, zu welcher Helene in der kürzlich verlassenen Residenz doch vollgültig gerechnet wurde. Diesen innern Widerspruch äußerlich zu lösen, erschien dem würdigen Obersthofmeister als keine leichte Aufgabe. Aber da die höchsten Herrschaften Helene durchaus singen hören wollten, so mußte schnell ein Ausweg gefunden werden. Einstweilen schlug der alte Graf vor, Helene ganz allein einzuladen, was sofort genehmigt wurde; aber da er es für seine Pflicht hielt, seiner Schwiegertochter die Gründe ihrer gesonderten Einladung zu erörtern, hielt sie es nicht minder für ihre Pflicht, ihm zu erklären, daß sie es vorziehe gar nicht an den Hof zu kommen, als so gleichsam unter der Hand zugelassen zu werden. Der Obersthofmeister war ganz außer sich, zum Erstenmale auf so entschiedenen Widerstand in seiner Familie zu stoßen, aber es blieb ihm Nichts übrig, als die Sache höchsten Orts zu melden, natürlich in möglichst gesiebten Worten. Zu seiner Verwunderung erhielt er nun vom Fürsten die alle Schwierigkeiten mit einem Hauche lösende Antwort: »Die junge Gräfin gefällt mir; sie hat Charakter; das merkt man auch ihrem Gesange an. Ich wünsche sie heute bei Tafel zu sehen, und morgen beim Hofconcert: aber nicht zum Singen, sondern zum Zuhören, wie die andern Damen.«

Der Obersthofmeister hütete sich wohl, Helenen den einfachen Verlauf der Sache ebenso einfach zu schildern; er stellte ihr den Erfolg als einen Triumph seines Ansehens und seiner Weisheit vor, was auf sie sehr wenig Eindruck machte. Sie wurde bald so beliebt und so gut verstanden bei Hof, daß sie sich dort wohler fühlte, als in der Bender'schen Familie, welche natürlich jede Freundlichkeit, die Helene widerfuhr, auf Rechnung ihrer gräflichen Beziehungen setzte und sie für sehr herzlos und undankbar hielt, weil sie nicht viel Aufhebens davon machte. Besonders die alten Tanten, welche von vornherein gegen die Verheirathung ihres lieben Otto mit Helenen am heftigsten protestirt hatten, wurden nicht müde ihn und seinen Vater gegen sie aufzuhetzen, so daß sie zu Hause und in der Familie nichts über sich hörte, als Klagen, für deren Hauptgrund galt, daß sie sich zuviel mit Musik und Gesang und zu wenig mit dem Haushalt beschäftige, dem lieben Otto kein gemüthliches Heim zu bereiten wisse, woran dieser zuletzt, weil er es täglich hörte, selbst glaubte. Sie wurde überwacht wie ein Schulkind und Alles, was den Tanten nicht gefiel an ihr, wurde getadelt. Sie sah sich wie von einem Netze umspannt, aus dem nur zu entrinnen war, wenn sie es zerriß; und sie entschloß sich, es zu zerreißen, indem sie die ihr zur Pflicht gemachten täglichen Besuche bei den alten Tanten plötzlich aufgab. Diese hielten das für offene Empörung und machten dem jungen Grafen den Kopf so warm, daß es wieder zu heftigen häuslichen Scenen kam. Graf Otto erklärte ihr, daß er von ihr verlangen müsse, seinen Tanten in jeder Weise entgegenzukommen, da sein eigenes Vermögen sehr unbedeutend sei, und er von ihnen noch viel zu erwarten habe. Helene erwiderte: »Thue Du, was Du für recht hältst; ich thue, was ich für recht halte. Ich habe Deinen Tanten gegenüber das Menschenmögliche geleistet: mehr kann und will ich nicht thun. Wenn sie mich sehen wollen, mögen sie zu mir kommen; ich bin nur zu oft bei ihnen gewesen, um ihre täglich widerholten Albernheiten anzuhören, gegen welche Du mich nie in Schutz genommen hast, wie es doch Deine Pflicht gewesen wäre. In meinem eigenen Hause werde ich wissen, mich selbst zu schützen.«

Graf Otto, im Kraftgefühl der hinter ihm stehenden Familienmacht, erging sich nun in den listigsten Anklagen gegen Helene, wobei alles wieder aufgerührt wurde, was jemals zwischen ihnen Störendes vorgekommen war, und er schloß seine, ihm größtenteils von den Tanten einstudirte Rede mit der Drohung, sich von ihr scheiden zu lassen, wenn sie sich künftig nicht unbedingt fügen wolle.

»Du sprichst da,« rief sie, »ein lösendes Wort aus, das ich nicht über die Lippen gebracht hätte; aber da es einmal gesagt ist, so erwidere ich darauf: je eher Du Deine Drohung erfüllst, desto dankbarer werde ich Dir sein.«

Auf diese Antwort war er so wenig gefaßt gewesen, wie sein Vater und seine Tanten, welche die Ehre, dem gräflich Bender'schen

Familienkreise anzugehören, für das höchste irdische Glück hielten und nicht geglaubt hatten, daß Helene sich so raschen Entschlusses davon scheiden könnte. Sie suchten jetzt Alle, schon des Hofes wegen, wieder einzulenken und sie viel rücksichtsvoller zu behandeln. Von Scheidung war nicht mehr die Rede; vielmehr schien in Graf Otto die alte Glut wieder aufzuleuchten, aber ohne besonderen Eindruck auf Helene.

Zu diesem Stand der Dinge kam ein Besuch Sir Arthur's, der sich nach seinem alten Lieblinge einmal wieder umsehen wollte und bald merkte, was er schon lange befürchtet hatte, daß es der eingefangenen Nachtigall in ihrem Käfig nicht besonders gefiel, obgleich Helene durch kein Wort verrieth, was zwischen ihr und Graf Otto vorgegangen. Sie empfing ihn mit alter Herzlichkeit, aber sein Besuch erweckte ihr doch neben großer Freude auch traurige Gedanken bei dem sich unwillkürlich aufdrängenden Vergleich zwischen Einst und Jetzt. Auch entging ihr so wenig wie ihm, daß er der Bender'schen Familie kein sehr willkommener Gast war, vielmehr mit höchst eifersüchtigen Augen betrachtet wurde. Er würde deshalb auch nur wenige Tage geblieben sein, wenn ihn nicht der Fürst, dem er außerordentlich gefiel, zurückgehalten hätte. Da kam plötzlich die Nachricht von der schweren Erkrankung der Mutter Helenens, und diese reiste sofort zu ihr. Man hatte ihr, solange das Scharlachfieber nicht gefährlich schien, nichts davon geschrieben und jetzt kam sie zu spät um ihre Mutter noch am Leben zu finden. Ihre Trauer war groß und aufrichtig, aber zugleich fühlte sie doch mit kindlicher Genugthuung, welchen Trost sie ihrem Vater gewähren konnte. Ida, der sie ihr ganzes Herz erschloß, bestärkte sie in ihrem schnell gebildeten Entschluß, Graf Otto zu bitten, seine Scheidungsdrohung zu verwirklichen. Einstweilen blieb sie bei ihrem Vater, zu dem bald auch Sir Arthur kam, so daß das Schloß wieder so gemüthlich belebt wurde, wie es nach dem Trauerfalle irgend möglich war. Helene hatte in Sir Arthur einen zu guten Freund, um ihm auf die Dauer vorenthalten zu können was ihr Herz bewegte, und er war, gleichwie ihr Vater, ganz der Ansicht Ida's, daß eine Scheidung besser sei, als das Fortleben in so unerquicklichen Eheverhältnissen, zu dem keine Mutterpflichten sie fesselten, sondern nur ein Mann, der das Wort der Scheidung selbst zuerst ausgesprochen hatte. Diese kam dann auch wirklich zu Stande, aber erst nach einem halben Jahre, da Graf Otto sich anfangs auf's Entschiedenste dagegen sträubte und wieder ganz so anfing, den glühenden Liebhaber zu spielen, wie vor der Ehe. Allein Helene wußte am besten was von dieser Glut zu halten war, und blieb unerbittlich. Solange ihr Vater lebte, blieb sie den größten Theil des Jahres bei ihm, glücklich, wieder ihrer Freiheit genießen und seinen Lebensabend verschönern zu können. Die übrige Zeit brachte sie in London zu, wo sie während der Saison unter ihrem früheren Namen als Sängerin auftrat und Gold und Lorbeern die Fülle erntete. Nach dem Tode ihres Vaters, der nach vier Jahren erfolgte, lebte sie ganz der Kunst, und wenn man in ihrem Geburtsort, dem sie viele Wohlthaten erwies, von den Triumphen der berühmten Sängerin Leonardi in den Zeitungen las, hieß es immer: »Das ist unsere Gräfin Helene!«

Sie blieb unverheirathet, während Graf Bender sich im Laufe der Zeit wieder vermählte. Sie begegnete ihm einmal zehn Jahre nach ihrer Trennung in Baden-Baden mit seiner neuen Frau, die für sehr reich galt, aber bei aller Eleganz so häßlich war, daß sie ihm unmöglich Grund zur Eifersucht geben konnte. Trotzdem sah er noch ebenso säuerlich mürrisch aus, wie früher; ein Beweis, daß die Häßlichkeit der zweiten Frau ihn nicht glücklicher gemacht hatte, als die Schönheit der ersten.

Über tredition

Eigenes Buch veröffentlichen

tredition wurde 2006 in Hamburg gegründet und hat seither mehrere tausend Buchtitel veröffentlicht. Autoren veröffentlichen in wenigen leichten Schritten gedruckte Bücher, e-Books und audio-Books. tredition hat das Ziel, die beste und fairste Veröffentlichungsmöglichkeit für Autoren zu bieten.

tredition wurde mit der Erkenntnis gegründet, dass nur etwa jedes 200. bei Verlagen eingereichte Manuskript veröffentlicht wird. Dabei hat jedes Buch seinen Markt, also seine Leser. tredition sorgt dafür, dass für jedes Buch die Leserschaft auch erreicht wird.

Im einzigartigen Literatur-Netzwerk von tredition bieten zahlreiche Literatur-Partner (das sind Lektoren, Übersetzer, Hörbuchsprecher und Illustratoren) ihre Dienstleistung an, um Manuskripte zu verbessern oder die Vielfalt zu erhöhen. Autoren vereinbaren direkt mit den Literatur-Partnern die Konditionen ihrer Zusammenarbeit und partizipieren gemeinsam am Erfolg des Buches.

Das gesamte Verlagsprogramm von tredition ist bei allen stationären Buchhandlungen und Online-Buchhändlern wie z. B. Amazon erhältlich. e-Books stehen bei den führenden Online-Portalen (z. B. iBookstore von Apple oder Kindle von Amazon) zum Verkauf.

Einfach leicht ein Buch veröffentlichen: **www.tredition.de**

Eigene Buchreihe oder eigenen Verlag gründen

Seit 2009 bietet tredition sein Verlagskonzept auch als sogenanntes "White-Label" an. Das bedeutet, dass andere Unternehmen, Institutionen und Personen risikofrei und unkompliziert selbst zum Herausgeber von Büchern und Buchreihen unter eigener Marke werden können. tredition übernimmt dabei das komplette Herstellungs- und Distributionsrisiko.

Zahlreiche Zeitschriften-, Zeitungs- und Buchverlage, Universitäten, Forschungseinrichtungen u.v.m. nutzen diese Dienstleistung von tredition, um unter eigener Marke ohne Risiko Bücher zu verlegen.

Alle Informationen im Internet: **www.tredition.de/fuer-verlage**

tredition wurde mit mehreren Innovationspreisen ausgezeichnet, u. a. mit dem Webfuture Award und dem Innovationspreis der Buch Digitale.

tredition ist Mitglied im Börsenverein des Deutschen Buchhandels.

Dieses Werk elektronisch lesen

Dieses Werk ist Teil der Gutenberg-DE Edition DVD. Diese enthält das komplette Archiv des Projekt Gutenberg-DE. Die DVD ist im Internet erhältlich auf **http://gutenbergshop.abc.de**

Zeitfracht Medien GmbH
Ferdinand-Jühlke-Straße 7
99095 Erfurt, Deutschland
produktsicherheit@kolibri360.de